일본인의 언어유희

키워드로 읽는 日本어학 3

일본어의 과거·현재

일본인의 언어유희

【한국일어일문학회 지음】

글로세움

일본문화총서 속편 발간에 즈음하여

학문이 생명력을 유지해 나가기 위해서는 끊임없는 수정과 보완이 이뤄져야 한다. 옛것을 우려내 새것을 창조하는, 곧 시대변화에 맞게 변형시키고 발전시켜 가는 이노베이션의 '법고창신'(法古創新) 이야말로 우리 학자들이 간직해야 할 소중한 정신이라고 생각한다.

한국의 일본 관련 대표적 학술연구단체인 한국일어일문학회는 선배 연구자들이 쌓아 올린 학술적 업적이 없었더라면 오늘날의 전통과 명성을 온전히 이어오지 못했을 것이다. 이에 우리 후학들은 선배들의 학문적 업적에 새로운 기운을 불어넣어 책임감을 가지고 학회를 한층 더 발전시켜야 할 시기를 맞이하고 있다.

이 점을 감안하여 지난 2003년에 학회 구성원 모두가 힘을 한데 모아 일본문화총서 6권을 출간한 지 거의 20년 가까운 세월이 흐른 오늘, 본 학회는 그동안 크게 변화된 연구 환경과 사회 흐름 등 시대상을 반영하여 속편으로 어학, 문학, 문화 각 한 권씩 출판하게 되었다.

한편 이 연구 결과물이 토대가 되어 이후 연구자들에게 또다시 '법고창신'(法古創新)의 학문적 징검다리가 되고 자양분이 되어 주기를 기대한다.

이번 일본문화총서(속편) 집필 작업에는 한국일어일문학회 회원 103명이 참여하였으며, 2003년의 360개 테마에 더해 일본을 이해하는데 가장 중요하다고 생각되는 114개의 주제를 선정하여 일반인들도 쉽게 이해할 수 있도록 보완하였다. 학회의 책무는 연구 외에도 사회기여가 필요하다고 판단되기 때문이다.

전체의 구성은, 문화 『식기는 요리의 기모노』, 문학 『봄에는 와카를, 가을에는 하이쿠를 기억하다』, 어학 『일본인의 언어유희』로 이루어져 있다. 본 기획도서를 통해 일본에 대해 편견없이 정확하게 이해하여 미래 지향적인 한일관계에 일조할 수 있기를 바라는 바이다.

이번 일본문화총서(속편)가 발간되기까지 어려운 여건 속에서도 많은 분들의 참여와 노고가 깃들어 있음을 말씀드리며, 이분들에게 진심으로 감사의 뜻을 표한다. 특히 글로세움 출판사 관계자 여러분들과 집필에 참여해 주신 103명의 회원분들, 원고 정리 및 자료 수집을 위해 애써주신 기획위원님들께 거듭 감사의 뜻을 전하고 싶다.

2021년 3월

한국일어일문학회 회장

윤호숙

목 차

01. 일본인은 일본어를 얼마나 잘할까?

【구명회】

사람이 태어나 문자를 읽고 쓸 수 있게 되기까지는 많은 시간과 노력이 필요하다. 외국어 학습은 차치하더라도 이른바 모국어의 경우라 할지라도 말하기와 듣기와 달리 읽고 쓰기 위해서는 오랜 기간 동안의 후천적 학습이 필수적이다. 이에 많은 국가들에서는 의무교육이라고 하는 과정을 통해 문자를 학습하고, 이를 바탕으로 단어와 문장을 익히도록 하고 있다.

현대일본어의 경우 통상적으로 가나문자와 한자를 섞어서 기록하고 있다. 각각 46자로 이루어진 히라가나와 가타카나를 합치는 것만으로 92자나 된다. 영어의 알파벳이 26자, 한글이 24자라는 것과 비교할 때 결코 적지 않은 숫자이다.

그런데 문제는 여기부터 시작이다. 문자언어로서의 일본어의 필수 구성요소인 한자가 추가되기에 그러하다. 1946년 11월, 당시의 요시다시게루(吉田茂) 내각은 한자 1850자를 선정해 당용한자(當用漢字)로 삼았다. 이것은 일본 역사상 최초로 공용문 등에서 사용되는 한자의 수를 제한한 것이었다. 그로 인해 일본인들은 이후 적어도 1850자 이상의 한자를 알아야만 하는 시대를 맞이했다고 할 수 있다.

앞서 말한 바와 같이 여러 문자를 병용하여 하나의 문장을 구성하는 방식은 세계적으로 볼 때 그리 일반적이라 할 수 없다. 한국어의 경우 1948년 제헌의회에서 '한글전용에 관한 법률'이 공표되며 공용문서를 한글로 쓰되 얼마동안 필요한 때에는 한자를 병용할 수 있다고 하는 규정이 만들어졌으나 점차 그 사용빈도는 낮아졌고, 현재에 있어서는 매우 미미한 수준이라 할 수 있다.

일본어 학습자라면 모두가 어려워하는 것이 일본어 한자 읽기 및 쓰기이다. 컴퓨터 등의 기계에 의한 입력방법의 도움을 받는 쓰기와 달리 읽기의 경우 음독, 훈독, 음독+훈독 등의 갖가지 방법이 존재하기에 예를 들어 신문을 보더라도 막막할 때가 한두 번이 아니다.

그럼 과연 '일본인들은 일본어를 얼마나 잘하는 것일까' 하는 의문이 들기도 한다. 보통 정규교육과정 등을 통해 모국어에 대한 충분한 학습시간을 갖기도 하지만 그렇다고 해서 완벽할 수는 없을 것이다. 한국인 성인들이 맞춤법이나 띄어쓰기 등에서 종종 오류를 범하는 것을 생각하면 그 이해는 쉬울 수 있다.

일본은 스스로 문해력(literacy Proficiency) 통계를 내고 있지 않지만 유엔교육과학문화기구(UNESCO) 등에 따르면 인구의 약 99% 이상이 문해력을 보유하고 있는 것으로 여겨지고 있다. 과연 그러한 것일까? 언제부터인가 일본에서는 일본어력(日本語力) 또는 국어력(国語力)에 관련된 많은 책들이 출판되고 있고 거기에 더해 TV에서도 일본어의 어휘나 표현 등을 제재로 하는 퀴즈프로그램이 대단히 성행하고 있다.

한편 일본에서 전국의 국민들을 대상으로 한 대규모 국어능력조사가 이루어진 시기가 있었다. 앞서 말한 1946년에 '당용한자'가 만들어지고 얼마 안 된 1948년 8월, 북쪽으로는 홋카이도부터 남쪽으로는 규슈에 이르기까지 전국에 걸쳐 약 21,000명(실제 응답자는 16,820명)을 대상으로 하는 '일본인의 읽고 쓰기 능력조사'가 실시된 것이었다. 이 조사의 목적은 아래와 같이 보고서 첫 장에 명시되어 있다.

'일본인의 읽고 쓰기 능력조사'에 관한 보고서

> 일본국민으로서 이것만은 반드시 읽거나 쓰거나 할 수 있지 않으면 안 된다고 생각되는 현대 사회생활을 영위하는 데 있어서 필요한 문자언어를 사용하는 능력을 조사하는 것.

위의 조사목적에서 알 수 있듯이 일본국민이라면 사회생활을 위해서 반드시 갖추고 있어야 한다고 생각되는 '일본인의 읽고 쓰기 능력'에 대해서 살펴본 것이다. 구체적으로는 가나읽기부터 시작해서 한자 읽기 및 한자 쓰기 그리고 문장 이해하기 등을 묻는 것이었다. 만 15세부터 만 64세까지의 연령대를 대상으로 했는데 그 항목별 점수는 아래와 같이 정리할 수가 있다.

항 목	점수(100점 만점)
가나 쓰기	87.9
숫자 쓰기	95.6
가나 읽기	93.1
숫자 읽기	96.5
한자 읽기	88.8
한자 쓰기	58.8
어의 의미 이해 (컨텍스트)	80.9
어의 의미 이해 (시노님)	74.7
문장 및 문단의 이해	70.5
평 균	78.3

앞서 언급한 이 조사의 목적에 근거하여 생각해 본다면 78.3점이라고 하는 결과는 대단히 유감스러운 것이라 할 수 있다. 왜냐하면 반드시 읽고 쓸 수 있어야 하는 문자능력이기에 그렇다. 전체 응답자 16,820명 중 만점자는 불과 732명(4.4%)이었고, 0점자가 293명(1.7%)이나 있었다. 대단히 엄밀하게 결과를 해석하자면 조사대상 중 4.4%만이 필수조건하에서의 일본어를 잘하고 있는 것이고, 나머지 95.6%는 이른바 리터러시를 온전히 획득하고 있지 못하는, 바꿔 말해 일본어를 잘한다고는 결코 이야기하기 힘든 상황이라고도 할 수 있을 것이다. 그중에서도 한자 쓰기 부분을 보면 그러한 경향성이 두드러진다. 평균점이 58.8점에 그칠 정도로 매우 낮은 점수를 보이고 있다.

모두에서 언급한 바와 같이 읽고 쓰는 능력은 선천적으로 주어지는 것이 아니다. 후천적인 교육과 본인의 노력에서 의해서 달성되는 것이다. 이미 19세기 후반부터 초등교육이 시작되어 1900년부터는 무상으로 수업이 실시된 일본의 상황을 고려할 때 다시금 놀라지 않을 수 없다.

'일본인이 일본어를 얼마나 잘할까'라고 하는 문제제기는 각자가 자신의 모국어에 대해 얼마만큼의 능력을 갖고 있을까와 치환해서 생각해 볼 수 있는 문제이다. 다만 그럼에도 불구하고 문자언어에 있어서 다문자 사용을 원칙적으로 하고 있는 일본에 있어서 의무교육을 마친 성인 일본인의 기본능력이 기준에 미치지 못한다면 그 부분은 다시 한 번 논의해 볼 여지가 있는 것이 아닐까? 수많은 동음이의어를 양산하는 한자어만이라도 쉬운 어휘로 바꾸는 노력이 필요한 것은 아닐까?

이런 고민을 할 때마다 1930년대에 한자 '500자 제한론'을 제시했던 곤충학자 겸 국어학자 오카자키 쓰네타로(岡崎常太郎)의 주장을 다시금 떠올리지 않을 수 없다.

02. 바벨의 시대
일본도 이제는 다언어 국가?

【박강훈】

바벨탑(Tower of Babel)에 대해 한번쯤은 들어본 적이 있으리라 생각된다. 바벨탑은 구약성경 창세기 11장에서 고대 바빌로니아 사람들이 건설했다고 기록되어 있는 전설상의 탑이다. 성경의 기록을 보면 다음과 같다.

> 온 세상이 한 가지 말을 쓰고 있었다. 물론 낱말도 같았다. 사람들은 동쪽으로 옮아 오다가 시날 지방 한 들판에 이르러 거기 자리를 잡고는 의논하였다. "어서 벽돌을 빚어 불에 단단히 구워내자." 이리하여 사람들은 돌 대신에 벽돌을 쓰고, 흙 대신에 역청을 쓰게 되었다. 또 사람들은 의논하였다. "어서 도시를 세우고 그 가운데 꼭대기가 하늘에 닿게 탑을 쌓아 우리 이름을 날려 사방으로 흩어지지 않도록 하자." 야훼께서 땅에 내려 오시어 사람들이 이렇게 세운 도시와 탑을 보시고 생각하셨다. "사람들이 한 종족이라 말이 같아서 안 되겠구나. 이것은 사람들이 하려는 일의 시작에 지나지 않겠지. 앞으로 하려고만 하면 못할 일이 없겠구나. 당장 땅에 내려 가

서 사람들이 쓰는 말을 뒤섞어 놓아 서로 알아듣지 못하게 해야겠다." 야훼께서는 사람들을 거기에서 온 땅으로 흩으셨다. 그리하여 사람들은 도시를 세우던 일을 그만두었다. 야훼께서 온 세상의 말을 거기에서 뒤섞어 놓아 사람들을 흩으셨다고 해서 그 도시의 이름을 바벨이라고 불렀다.

피터르 브뤼헐의 명화 「바벨탑」

– 창세기 11장 1~9절(공동번역)

북유럽 르네상스시대 대표적 벨기에 화가 피터르 브뤼헐(Pieter Bruegel the Elde)은 1563년 명화 「바벨탑」을 남기게 된다.

위 그림을 보면 로마 시대의 대표적 건축물인 '콜로세움'이 연상되는 분들이 적지 않으리라 생각된다. 위 그림을 완성하기 전, 피터르 브뤼헐이 약 10년간 로마에서 체류했다고 하니, 모티브를 어디에서 얻었는지 짐작하기에는 그리 어려운 일이 아닐 것이다.

바벨은, 이와 같이 높고 거대한 인공물 바벨탑을 쌓아 하늘까지 올라오려는 인간의 욕심에 하나님께서 분노해서 본래 하나였던 언어를 여럿으로 분리해 공사에 참여한 사람들끼리 말이 안 통하게 했고, 이것을 계기로 지상의 모든 민족은 각기 다른 언어를 쓰게 되었다는 극적인 일화이다.

세계 언어 백과사전『에스놀로그』(Ethnologue)에 따르면 우리 지구상에는 약 6,500여 개의 언어가 존재한다고 한다. 바벨탑에 대한 하나님의 분노가 얼마나 극에 달했었는지 이 숫자만 보더라도 대략 짐작하고도 남을 것이다.

1758년 식물학자 칼 린네(Carl von Linne)가 우리 인류에게 라틴어 '호모 사피엔스'(Homo sapiens, 슬기로운 인간)라는 학명을 명명할 정도로 우리 인간은 하나님의 분노에 굴하지 않고 공간적인 이동 및 진화를 계속해 왔다. 이와 같이 인류사에서 계속된 이동 및 진화는 소위 다언어(multilingual) · 다문화(multicultural) 사회를 낳게 했다고 생각된다. 유럽, 아프리카, 북아메리카, 남아메리카 그리고 싱가포르/인도 등을 포함한 아시아 지역에 다언어 · 다문화가 널리 퍼져 있다. 화가 피터르 브뤼헐조차 대표적인 다언어 국가인 벨기에 출신이며, 이탈리아 체류 등 유럽 곳곳을 이동했을 터이다. 바벨의 시대가 도래한 것이다. 실제로 세계 언어 백과사전에 따르면, 우리 지구상에서는 다언어 국가가 주류를 이루고 있고, 단일언어 국가는 30%도 안 되는 소수를 점하고 있다.

동아시아의 두 국가인 한국과 일본은 그간 지구상에서는 소수파인 단일언어 국가권으로 분류되어 왔다. 그러나 이들 두 국가도 이제는 바벨의 시대를 거스르지 못하고 다언어 국가로 변모하고 있다. 이와 같은 변화를 이끌어낸 원동력은 무엇보다 인구 구조의 변화때문이리라 생각된다. 일본 법무성은 매년 일본 내 재류외국인의 국적 및 인구유입의 추이를 발표하는데, 이 자료에서 특히 ①재류외국인 수가 꾸준히 증가해 곧 300만 명을 넘어설 것, ②시간이 지날수록 다양한 국적의 재류외국인으로 구성될 것 등이 눈에 띈다.

또한 후생노동성의 자료에 따르면, 일본의 현재 인구가 약 1억 2600만 명인데, 인구 구조 변화에 의거 2050년이 되면 9천만 명으로 감소될 전망이다. 인구감소 예측에 따른 다양한 문제점들을 해결하고자 일본 정부는 외국인 이민자를 약 1천만 명으로 늘릴 계획 중에 있으며, 이를 달성하기 위한 구체적인 청사진이 거의 매년 발표되고 있다. 특히 2006년 총무성에 의해 지역별 '다문화 공생 추진위원회'를 출범한 이래로, 다언어 교육 · 다언어 (통번역) 서비스 · 다언어 연구 등 다언어 사회 조성을 위한 중앙정부, 지자체, 대학, 연구소 등의 노력이 돋보인다.

2018년 12월 정부에 의해 입법이 통과된 '외국 인재 유입 및 공생을 위한 종합적 대응책'(外国人材の受け入れ · 共生のための総合的対応策)이 공개되면서 다언어화(多言語化)가 다양한 행정 및 생활정보 등에 적용되기 시작했다. 전국 100여 개의 지자체에 '다문화 공생 종합 상담 원스톱 센터'(多文化共生総合相談ワンストップセンター)가 설치되어, 11개 이상의 다언어로 외국인 이민자의 안정적인 정착을 돕고 있다. 관료 조직, 언어 · 문화 정책 등에 있어 그간 소위 '갈라파고스'라고 불리운 일본답지 않은 파격적인 행보이다. 그만큼 인구구조 및 외국인 이민자의 증가에 따른 사회현상의 변화가 빠르다는 방증이겠다.

필자는 근무하는 지역대학의 일어일문학과 전공생들에게 직접 개발한 일본어 · 영어 동시 멀티링구얼(다언어) 프로그램 그리고 IT 등과의 융·복합 교육을 통해 일본 취업 인재를 양성하고 있다. 한국의 청년실업난의 돌파구로써 해외 취업을 추진하고 있는 것이다. 그 결과 최근 3년간 평균 두 자리 수의 일본 기업 취업자를 배출하고 있는데, 그들 또한 일본의 다언어·다문화 국가로의 전환에 기여를 하고 있다.

나고야시 다문화 공생 추진 월간 홍보

일본 학계도 대학 및 연구소를 중심으로 다언어 연구에 박차를 가하고 있다. 대표적으로 게이오대학의 '복수언어를 위한 진보: 행동중심언어학습 프로젝트'(複言語のすすめ:行動中心複言語学習プロジェクト, 2008~), 동경대학·MIT·언어교류연구소의 '다언어의 뇌과학'(多言語の脳科学, 2016~) 등을 중심으로 연구 성과가 발신(發信)되고 있다. 또한 문부과학성은 각 대학의 글로벌 경쟁력 향상을 위해 다언어 지표가 높은 대학에 인센티브 등 각종 사업비를 지원하고 있다. 이에 상술한 대학뿐만 아니라 동경외국어대학, 와세다대학, 오사카대학 그리고 각 지역별 거점 대학들은 적극적으로 다언어가 가능한 교원을 채용하는 등, 캠퍼스의 다언어 환경을 조성하고 있다.

흥미롭게도 일반 시민들 사이에서도 다언어 사회 및 습득을 위한 노력이 두드러진다. 1981년 결성된 H 다언어 동아리는 일반 가정, 학교, 직장 등에서 ①다언어 자연습득 활동, ②국제교류(홈스테이) 활동, ③연구 및 개발 활동을 수행하고 있다. 놀라운 점은 일본 전국 각지에 해당 동아리가 분포되어 있는데, 그 숫자가 무려 700곳이다. 해외에도 거점을 확보하고 있어 미국, 멕시코 그리고 한국에서도 활동이 이루어지고 있다. 참고로 한국에서는 수도권, 부산, 광주, 대구 등 17곳에서 다언어 동아리 활동이 진행되고 있다. 또한 매년 2월에는 청소년부, 성인부 등으로 나눠 다언어 스피치대회가 개최되는데, 규모 또한 상당하여 오다이바 빅사이트 등지에서 성대하게 치러지고 있다.

이상으로 바벨의 시대에 접어든 지금, 대표적인 단일언어 국가로 불리운 일본이 다언어 국가로 변모하고 있음을 알았다. 이와 같은 다언어 · 다문화 사회로의 변모는 한국도 사회 구조상 이제는 선택이 아닌 필수가 되었다. 이에 필자는 한국의 일본어학습자도 '모국어+일본어+영어'와 같은 식으로 '三重언어 갖기 운동'을 펼칠 때라고 생각한다. 이미 '三重언어 갖기 운동'은 2000년대에 들어와 유럽, 북미 그리고 일본을 중심으로 전세계적으로 퍼져 나가고 있다.

현재 우리는 사상 초유의 코로나19 사태로 인해, 그동안 인류가 보여왔던 공간적 이동의 잠시 멈춤 상태에 있다. 혹자는 코로나19는 바벨에서 보여준 하나님의 또 하나의 경고라고 한다. 물론 코로나19 사태에 대한 일련의 반성과 참회의 시간은 꼭 필요하겠다. 그러나 그간의 인류사에서 보여줬듯, 호모 사피엔스로서의 인류는 이번 사태를 통해 더욱 진화하고 발전해 나가리라 믿어 의심치 않는다.

호모 사피엔스가 인류의 사고 능력에 초점이 맞춰져 있다면, 호모 링구아(Homo lingua, 언어를 사용하는 인간)는 인간의 언어 능력에 초점이 맞춰져 있다. 포스트코로나 시대에는 호모 링구아로서 일본어를 포함한 다언어 습득의 즐거움을 만끽할 때이다.

03. 일본 한자음과 한국 한자음의 대응

【이경철】

일본 한자음과 한국 한자음은 왜 대응하는가?

일본어를 공부하는 한국인 학습자는 누구나 일본어를 공부해가면서 한국 한자음의 어떤 발음은 일본 한자음의 어떤 발음에 대응한다는 것을 스스로 깨우치게 된다. 예를 들어 '한국'(韓國)을 'カンコク', '한자'(漢字)를 'カンジ'라고 하는 것처럼 한국어의 'ㄱ'뿐만 아니라 'ㅎ'도 일본 한자음에서는 'カ'행에 대응한다는 것을 일본어를 학습하는 과정에서 습득해 가는 것이다.

일본 한자음은 그 모태가 된 시기와 지역에 따라 고음(古音) · 오음(呉音) · 한음(漢音) · 신한음(新漢音) · 카마쿠라송음(鎌倉宋音) · 에도당음(江戸唐音)으로 나눌 수 있으며, 그 밖에 관용음(慣用音)이 있다. 더욱이 각 한자는 두 가지 이상의 음으로 읽히는 경우가 많다. 이 중에서 가장 중축을 이루고 있는 것은 오음(呉音) · 한음(漢音)인데, 오음(呉音)은 5세기의 남조음(南朝音)을, 한음(漢音)은 8~9세기의 당대음(唐代音)을 모태로 하고 있다. 한국 한자음 역시 5세기부터 7세기 사이의 음이 주

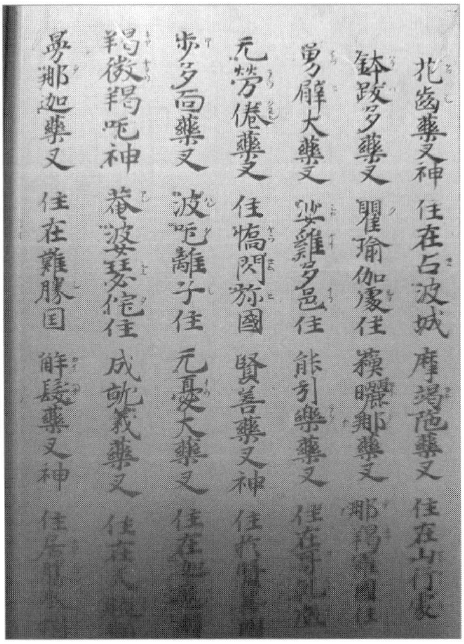

동경대학소장 불모대공작명왕경

축을 이루고 있으며, 8~9세기의 당대음(唐代音)도 일부 포함되어 있다.

이처럼 한국 한자음과 일본 한자음은 중국의 중고음(中古音)에 해당하는 5세기부터 9세기 사이의 자음(字音)이 주축을 이루고 있기 때문에 일정한 대응관계 속에서 파악할 수 있는 것이다. 즉 유사한 시기의 자음(字音)을 서로 다른 음운체계 속에서 수용하여, 서로 다른 변화를 거친 것이라고 할 수 있는 것이다.

韓國(한국)은 왜 ハンコク가 아니라 カンコク인가?

韓國(한국, カンコク), 漢字(한자, カンジ), 海外(해외, カイガイ)처럼 한국 한자음의 'ㅎ'은 일본 한자음에서 대부분 'ハ'행이 아닌 'カ'행으로 출현한다. 일본어의 ハ행은 h인데, 어째서 한국 한자음의 'ㅎ'이 일본 한자음에서 ハ행 h가 아니라 カ행 k로 출현하는 것일까?

그것은 중국어의 h가 한국어에 'ㅎ'이 존재했으며, 그것이 h에 해당하기 때문에 한국 한자음에서는 ㅎ(h)로 수용되었지만, 일본어에는 h에 해당하는 음소가 없었다는 것을 의미하는 것이다.

오음(吳音)과 한음(漢音)이 수용될 당시인 나라시대나 헤이안시대에는 일본어의 ハ행이 h가 아니라 hw에 해당하는 양순마찰음 ϕ이었다. '私は'를 は로 표기하고 wa로 읽는 것은 이 당시의 ハ가 ha가 아니라 ϕa, 즉 hwa이었으며, 이것이 '고향'이 '고양'으로, '이화여대'가 '이와여대'로 읽히는 것처럼 일본어에서도 hwa가 어중에서 h가 탈락하여 wa로 바뀌는 ハ行 전호음(轉呼音)이 발생한 것이며, 어두에서는 hwa에서 w가 탈락하여 현재 h로 바뀐 것이다. 따라서 일본에서 오음(吳音)·한음(漢音)을 수용할 당시에 일본어에는 h가 존재하지 않았기 때문에 중국어의 h는 이와 가장 조음점이 가까운 カ행 k로 대체된 것으로 볼 수 있다.

중고음(中古音)에서 어두자음에 해당하는 부분을 성(声)라고 하는데, 성류(声類)에서 가장 큰 차이를 보이는 것 두 가지만 제시하면 다음과 같다.

1) 吳音의 濁音이 漢音에서는 清音

漢字	東音	漢音	吳音	史的變遷	声韻
夏	하	カ	ゲ		匣麻개2
大	대	タイ	ダイ		定泰개1
食	식	ショク	ジキ		神職개3갑
平	평	ヘイ	ビョウ	ビャウ〉ビョウ	竝庚개3

위의 표에서 '夏カ・ゲ', '大タイ・ダイ', '食ショク・ジキ', '平ヘ

イ・ビョウ'와 같이 동일한 한자에서 오음(呉音)은 탁음(濁音)으로, 한음(漢音)은 청음(清音)으로 나타나는 경우가 있다. 이처럼 일본 한자음에서는 오음(呉音)의 탁음(濁音)과 한음(漢音)의 청음(清音)이라는 대립구조를 가진 한자가 수없이 존재한다. 그것은 오음(呉音)의 모태가 된 5세기부터 7세기까지 탁자(濁字), 즉 유성음(有声音)에 해당하던 한자가 한음(漢音)의 모태가 된 당대 장안음(唐代 長安音)에서 차청자화(次清字化)하여 유기음(有気音)으로 변했기 때문이다. 이를 당대에 걸친 탁자(濁字)의 차청자화(次清字化)라고 하는데, 이로 인해서 오음(呉音)의 탁음(濁音)이 한음(漢音)에서는 청음(清音)으로 출현하는 것이다.

2) 오음(呉音)의 비음(鼻音)이 한음(漢音)에서는 탁음(濁音)

漢字	東音	漢音	呉音	史的變遷	聲韻
男	남	ダン	ナン	ダム〉ダン ナム〉ナン	尼覃개1
日	일	ジツ	ニチ		日質개3갑
米	미	ベイ	マイ		明齊개4

위의 표에서 '男ダン・ナン', '日ジツ・ニチ', '米ベイ・マイ'와 같이 동일한 한자에서 오음(呉音)은 비음(鼻音)으로, 한음(漢音)은 탁음(濁音)으로 나타나는 경우가 있다. 이처럼 일본 한자음에서는 오음(呉音)의 비음(鼻音)과 한음(漢音)의 탁음(濁音)이라는 대립구조를 가진 한자가 수없이 존재한다. 그것은 오음(呉音)의 모태가 된 5세기부터 7세기까지 청탁

자(清濁字), 즉 비음(鼻音)에 해당하던 한자가 한음(漢音)의 모태가 된 당대 장안음(唐代 長安音)에서 비음성(鼻音性)이 약화하여 유성음(有声音)에 가까운 음으로 변했기 때문이다. 이를 당대(唐代)에 걸친 청탁자(清濁字)의 비음성 약화(鼻音性 弱化)라고 하는데, 이로 인해서 오음(呉音)의 비음(鼻音)이 한음(漢音)에서는 탁음(濁音)으로 출현하는 것이다.

'ヨウ'는 오음(呉音), 'エイ'는 한음(漢音)

京都(경도)는 'キョウト'라고 읽고, 京阪(경판)은 'ケイハン'이라고 읽듯이, '京'(경)에는 'キョウ'와 'ケイ'라는 두 가지 자음(字音)이 존재한다. '京'의 한국 한자음은 '경', 오음(呉音)은 'キョウ', 한음(漢音)은 'ケイ'에 해당한다. 여기에서 어두자음은 한국 한자음과 오음(呉音), 한음(漢音)이 모두 k로 같지만, 어두자음을 뺀 나머지 부분이 서로 다르다. 이처럼 어두자음을 뺀 나머지 부분을 운(韻)이라고 하는데, 韻類에서도 한국 한자음과 呉音, 漢音 사이에 일정한 대응관계가 성립한다. '京(경)・キョウ・ケイ'와 같이 한국 한자음 jəŋ, 呉音 jou, 漢音 ei라는 등식이 성립하는 것이다. 예를 들어, 한국 한자음에서 '英(영)・警(경)・領(령)・病(병)'과 같은 jəŋ은 일본 한자음에서 '英エイ・警ケイ・領リョウ・病ビョウ'와 같이 jou와 ei로 출현하는데, jou로 출현하는 '領リョウ・病ビョウ'는 呉音, '英エイ・警ケイ'는 漢音이라는 것을 알 수 있다.

韻類에서 가장 큰 차이를 보이는 것 두 가지만 제시하면 다음과 같다.

1) 漢音의 a가 呉音에서는 e

漢字	東音	漢音	呉音	史的變遷	声韻
家	가	カ	ケ		見麻개2
下	하	カ	ゲ		匣麻개2
殺	살	サツ	セツ		山麻개2

위의 표에서 '家カ・ケ', '下カ・ゲ', '殺サツ・セツ'와 같이 동일한 한자에서 呉音은 主母音을 e로, 漢音은 主母音을 a로 반영하고 있다. 이처럼 일본 한자음에서는 그 主母音이 呉音의 e와 漢音의 a라는 대립구조를 가진 한자가 존재하는데, 그것은 呉音의 모태가 된 5세기부터 7세기까지의 2等韻의 전설모음이 漢音의 모태가 된 唐代 長安音에서 1等韻의 후설모음과 통합되어 일본어의 ア행과 같은 하나의 母音으로 변했기 때문이다. 이를 唐代에 걸친 1・2等韻의 합류라고 하는데, 이로 인해서 呉音의 e와 漢音의 a라는 대립구조가 생겨난 것이다.

2) 呉音의 直音이 漢音에서는 拗音

漢字	東音	漢音	呉音	史的變遷	声韻
去	거	キョ	コ		渓魚개3을
右	우	ユウ	ウ	イウ〉ユウ	于尤개3을
金	금・김	キン	コン	キム〉キン コム〉コン	渓魚개3을

위의 표에서 '去キョ・コ', '右ユウ・ウ', '金キン・コン'과 같이 동

일한 한자에서 吳音은 直音로, 漢音은 i母音이 들어간 형태나 拗音으로 출현한다. 이처럼 일본 한자음에서는 吳音의 直音과 漢音의 拗音이라는 대립구조를 가진 한자가 존재하는데, 그것은 吳音의 모태가 된 5세기부터 7세기까지의 3等 을류의 介音 ï가 漢音의 모태가 된 唐代 長安音에서 3等 갑류의 i에 통합되었기 때문이다. 이를 唐代에 걸친 3等 1重韻의 합류라고 하는데, 이로 인해서 吳音의 直音과 漢音의 拗音이라는 대립구조가 생겨난 것이다. 한국한자음을 吳音漢音과 비교해 보면 '去(キョ · コ거)', '右(ユウ · ウ우)', '金(キン김 · コン금)'과 같이 '去'(거), '右'(우), '金'(금)은 8세기 이전의 음을, '金'(김)은 8~9세기의 唐代音을 모태로 하고 있다는 것을 쉽게 알 수 있다.

'山'은 san, '三'은 sam이었다!

한국 한자음에서는 '山'(산)과 '三'(삼)처럼 그 받침에 'ㄴ'과 'ㅁ'을 구별하고 있지만, 일본 한자음에서는 '山'과 '三' 모두 'サン'이다. 그러나 일본 한자음에서도 吳音 · 漢音의 수용 당시에는 '山サン'과 '三サム'으로 표기하여, '山'은 san으로, '三'은 sam으로 구별하여 발음하려 했던 것이다. 그러나 일본어가 개음절 구조임으로 인해, 이것이 그대로 정착하지 못하고 1박의 'ン'N으로 변하게 된 것이다.

이처럼 시대를 거슬러 올라가 보면 수용 당시에는 한국 한자음과 일본 한자음이 아주 유사했던 것이 음운변화로 인해 완전히 다른 모습으로 변해 버린 자음형이 상당수 존재한다. 일본 한자음에 큰 변화를 끼친 음운변화로는 ハ行 · 呼音, 連母音의 長音化, 四つがな의 혼동, 合

拗音의 소멸 등을 들 수 있는데, 아래의 예를 보면, 그 古形은 한국 한자음과 아주 유사하다는 것을 느낄 수 있을 것이다.

漢字	東音	漢音	呉音	史的變遷	音韻變化
塔	탑	トウ	トウ	タフ〉タウ〉トウ	ハ行転呼音
陽	양	ヤウ	ヤウ	ヤウ〉ヨウ	連母音의 長音化
豆	두	トウ	ズ	ヅ〉ズ	四つがな의 혼동
位	위	イ	イ	ヰ〉イ	合拗音의 소멸

'輸出'은 왜 'シュシュツ'가 아니라 'ユシュツ'인가?

'輸出'을 우리는 '수출'로 읽는데, 일본에서는 'シュシュツ'가 아니라 'ユシュツ'로 읽는다. 이는 '輸'에 들어 있는 음을 나타내는 声符 '兪' 자를 보고 일본에서 잘못 읽은 것이 정착된 것으로, 慣用音에 해당한다. 이와 마찬가지로 '歐'(구), '粘'(점), '秒'(초) 등과 같이 한국에서 声符의 類推로 인해 잘못 읽은 것이 정착된 한자음이 있다. 이는 일본 한자음과 비교해 보면 원래 '歐オウ우', '粘ネン념〉염], '秒ビョウ묘'가 되어야 함을 알 수 있다. 일본 한자음의 慣用音에는 清濁의 혼동으로 인한 것이 가장 많으며, 그 밖에 類推나 다른 한자의 代用 등을 들 수 있는데, 아래에 그 예를 들어 둔다.

漢字	東音	漢音	呉音	慣用音	유형
染	염	*ゼン	*ネン	セン	清濁의 혼동
緒	셔〉서	ショ	*ジョ	チョ	類推
漁	어	ギョ	*ゴ	リョウ	[獵]자의 代用

04. 왜 미꾸라지는「どぜう」라고 쓰고「どじょう」라고 읽을까?

【송숙정】

260여 년간의 에도시대는 서민들의 삶을 여러 방면에서 바꾸어 놓았다. 그중에서 '식생활'의 변화가 가장 컸다. 유채 기름을 다량으로 생산할 수 있는 기술의 발달로 무로마치 시대까지는 1일 2식을 하던 일본인들이 조명용 기름으로 유채 기름을 쓰면서 하루 중 활동할 수 있는 시간이 늘어나며 1일 3식의 시대로 바뀌게 되었다. 찐 현미를 주식으로 먹던 이들이 에도 중기 이후 정미기술의 발달로 일반 서민들도 흰 쌀밥을 먹게 되면서 현미에서 섭취하던 비타민이 부족하게 되어 각기병이 속출하는 일도 발생하였다.

우리가 요즘 일본 음식의 대표라 여기는 스시도 에도시대에 와서 지금의 모습으로 정착하였는데 이것에는 당시에는 무척이나 저렴했던 참다랑어(鮪:마구로)의 대량 포획이 가능했고, 김이 서민들 사이에서 널리 보급되면서 가능한 일이었다. 그리고 된장, 간장 등의 조미료가 서민들 사이에 널리 확대되면서 이전에는 소금으로만 간을 한 맑은 장국을 먹었던 것에서 매일 된장국을 먹게 되는 등 식생활이 크게 변모하

게 되었다. 이 밖에도 농기구인 쟁기(鋤:スキ)에 고기를 구워 먹으며 탄생한 스키야키가 서민들 사이에서 유행하며 냄비가 만들어지고 보급되면서 가족 단란을 상징하는 냄비 요리가 일반 서민들 사이에 정착하게 되었다.

이처럼 에도시대는 새로운 문물의 탄생과 서민층인 죠닌(町人:도시 상인)들이 경제력을 갖게 되면서 다양한 식문화가 출현하게 되었고 그 이름들에 얽힌 얘기들을 풀어보고자 한다.

덴푸라(天麩羅)의 어원

일본의 튀김요리인 덴푸라(天麩羅)는 생선이나 채소에 얇은 튀김옷을 입혀 튀겨낸 것으로 포르투갈어로 조리를 뜻하는 'tempero'에서 왔다는 설과, 스페인어로 천상의 날(이 날은 조류나 짐승의 고기를 먹지 않고 오직 생선을 튀긴 것만을 먹는다)을 의미하는 'templo'에서 왔다는 설이 있다.

물론 덴푸라는 에도시대 이전에 일본에 전해졌지만 에도 중기 이후 식용 기름을 대량으로 생산해낼 수 있게 되면서 서민들 사이에서 널리 보급되었다. 도쿠가와 이에야스에 의해 1603년 통일된 막부는 에도에 새로운 계획도시를 건설하고자 하였다. 에도는 계획도시이지만 당시의 건축은 지진의 피해를 줄이기 위한 목조건축이었다. 이로 인해 에도에서는 크고 작은 화재들이 발생하여 많은 피해를 안겼다. 가장 큰 화재는 1657년의 화재로 에도의 70%에 이르는 2574헥타르가 불타고 10여만 명의 사망자를 냈다. 이 때문에 당시에 에도 막부는 덴푸뿌라를 실내에서 튀기는 것을 금지하였고, 이를 피해 많은 덴푸라 상점들이 포장마차의 형태로 등장하게 되었다.

또한 당시에는 유채기름, 참기름, 홍화씨기름 등 식물의 씨에서 채집한 기름이 사용되었는데 지금도 동경의 유명한 노포 덴푸라집에 가면 고소한 참기름 냄새가 몇 미터 밖에서부터 진동한다. 그래서일까 덴푸라는 '天麩羅'라고 쓰고 'あぶら'라고 읽기도 한다. 우리가 일반적으로 알고 있는 '油'(あぶら:기름)를 당시에는 '天麩羅'(あぶら)라고 쓴 것이 나중에 음독되면서 덴푸라(てんぷら)라고 읽게 되었다고 하는 설도 있다.

이처럼 天(あ), 麩(ぶ), 羅(ら)처럼 한자 본래의 뜻과는 상관없이 음과 훈을 가져와서 쓰는 것을 아테지(当て字)라고 한다. 일본요리 이름 중 스시(寿司), 라면(拉麵), 커피(珈琲), 카레(咖哩) 등도 모두 아테지로 쓴 예이다.

뎃까마키(鉄火巻)의 어원

당시 에도에는 앞서 말한 에도건설을 위해 지방의 번에서 참근교대(参勤交代)를 위해 올라 와 있던 많은 남성 노동자들이 있었다. 장시간 노동을 해야 하는 노동자들이 하루 세끼의 중간인 오전 10시와 오후 3시경에 간편하게 간식으로 먹기 위해 개발된 음식이 스시(寿司)였다. 그중에서도 가장 보편화되어 지금까지 이어지고 있는 것은 뎃까마키(鉄火巻)로 때마침 에도시대에 김이 보급되기 시작하였고, 참다랑어는 대량으로 포획되어 가격이 저렴하고 흔한 생선 중에 하나였다. 이에 부패를 방지하는 와사비와 함께 김으로 말아 보급한 것이 뎃카마키의 시작이었다.

그런데 이름에 왜 철(鉄)과 불(火)이 붙었을까? 그 유래를 살펴보면 참다랑어의 빨간 살이 붉게 달궈진 철과 같고, 와사비를 넣어 매운 맛이 입에 불을 붙인 것 같다고 하여 붙여졌다는 설이 있다. 또한 당시에는 참다랑어를 먹는 습관이 없어서 그것을 재료로 사용하여 요리를 한다는 것은 붉게 달궈진 쇠에 손을 갖다 대는 것처럼 말도 안되는 일이었기 때문에 '鉄火'라는 이름이 붙었다는 설이 있다.

지금은 최고급 재료인 참다랑어가 에도시대에는 죠닌들은 먹었지만 무사들은 절대 먹지 않는 음식 중에 하나였던 이유도 하찮은 생선이라는 의미인 '下魚'(게우오)라고 불리던 이유도 있었지만 참다랑어의 별칭인 'しび'의 발음이 한자 '死日'와 상통하여 언제 죽을지 모르는 무사에게 이러한 말조차 사용하는 것은 금기시되었기 때문이라고 한다.

냄비요리는 영양식

에도사람들은 1일 3식을 하게 되면서 영양의 균형을 생각하게 되었다. 앞에서도 설명했지만 에도 서민들이 과도하게 백미를 많이 섭취하여 각기병에 걸리는 사태가 발생하였다. 이를 예방하기 위해 다양한 채소와 식재료로 요리를 만들어 먹기 시작하였고 이때 두부도 널리 판매된다. 또한 농기구인 쟁기에 야생동물(기러기, 오리, 사슴)을 구워 먹던 것에서 조리도구의 발명도 이어져 냄비요리를 위한 냄비가 등장하게 된다. 냄비가 등장하면서 냄비에 다양한 재료를 넣어 한 번에 끓여 먹는 냄비요리가 유행하게 되었고 이것은 지금도 가족의 단란을 상징하는 요리로 대표되고 있다.

냄비요리가 발달하게 된 이유에는 또 한 가지 시치린(七輪)과 히바치(火鉢) 등의 이동식 화로가 발달 된 것에서 기인한다. 이로 인해 이로리(囲炉裏)가 없는 곳에서도 냄비요리가 가능하게 되었다.

또한 당시의 냄비는 얄팍하며 깊이가 깊지 않은 냄비의 형태로 한국에서 사용되는 냄비와는 조금 다른 모습이다. 한국의 냄비요리는 국물을 많이 먹기 위한 형태라면 일본의 냄비요리는 주재료를 익혀서 소스 등에 찍어 먹는 역할을 하기 때문에 냄비의 깊이가 깊지 않아도 되는 것이다. 에도 초기에는 냄비 대신에 큰 조개껍질을 사용하여 냄비요리를 즐겼다는 기록도 남아 있다.

냄비요리에 쓰이는 재료도 우리와 사뭇 다르다. 에도시대 가장 많이 먹었던 냄비요리는 두부 냄비요리였다. 가다랑어포로 우려낸 다시국물에 흰 두부를 넣고 익혀서 먹는 요리는 지금도 각 가정에서 쉽게 접할 수 있다. 당시에 가다랑어의 어획량이 증가하며 가격이 하락하자 이를 오래 보관하기 위해 삶고 훈제하고 말리는 숙성 과정을 통하여 지금과 같은 형태의 가다랑어포가 탄생하게 되었다.

또 한 가지 색다른 요리는 네기마 냄비요리이다. 이것은 파와 당시로써는 너무나 흔했던 참다랑어를 냄비요리 재료로 사용한 것이었다. 참다랑어 중에서도 뱃살은 당시에는 기름기가 너무 많아 비료로 사용되거나 버려지는 부위였다고 한다. 그러나 뱃살을 파와 함께 간장국물에 끓여 먹는 네기마는 서민들에게 사랑받는 요리였다.

왜 미꾸라지는 'どぜう'라고 쓰고 'どじょう'라고 읽을까?

죠닌문화가 번성했던 문화·문정기(文化·文政期: 1804~1830)에는 에도에 냄비요리 전문 가게들이 계속해서 등장하고 냄비요리에도 차별화를 두기 시작했다. 그중 가장 특이한 것이 미꾸라지 냄비요리이다. 우리의 추어탕처럼 뼈를 갈아서 냄비요리를 하는 것이 아니라 통째로 냄비에 올려 끓여 먹는 형식이었다. 당시에 미꾸라지는 남자들의 스테미너식으로 인기를 끌었다.

그런데 당시의 문헌이나 우키요에(浮世絵)를 살펴보면 미꾸라지를 지금은 'どじょう'라고 읽는데 'どぜう'라고 쓴 것을 알 수 있다. 그 이유는 무엇일까?

당시 미꾸라지를 'どぜう'로 표기한 것에는 여러 가지 설이 있다. 그중에서 에도시대에 '駒形どぜう'라는 가게를 창업한 초대 사장이 1806년에 일어난 에도 대화재로 가게가 모두 불타자 그때까지 사용했던 간판의 글자가 'どぢやう'의 4글자로 재수가 없다는 생각에 간판을 홀수인 'どぜう'로 바꾸면서 가게가 번성했다고 한다. 그래서 다른 가게들도 모조리 간판을 'どぜう'로 바꿨다는 설이 있다.

여기에서 첫 번째 간판이었던 'どぢやう'도 지금의 'どじょう'와는 표기가 다르다. 실은 'どじょう'는 옛날 가나표기로 하면 원래는 'どぢやう' 또는 'どじやう'로 적는 것이 맞는 표현이다.

더 자세히 살펴보면 1868년 메이지 유신 이후 메이지 정부는 일본어를 통일하여 표준어를 제정하려는 움직임을 벌였고, 1890년대를 전후하여 언문일치 운동이 활발히 전개되었다. 1900년에 발표된 소학교

령 시행규칙 제16조 제2호 표를 살펴보면 종래에 사용하던 'じやう', 'じよう', 'ぜう', 'ぢやう', 'ぢよう', 'でう', 'でふ'는 'じょー'로 발음하도록 규정되었다. 결국 당시의 미꾸라지 표기가 현재에 와서 'どじょう'라고 읽히는 것은 1900년 소학교령 시행규칙에 따른 것이다.

또한 미꾸라지 냄비요리는 버들개울(柳川) 냄비요리라는 별칭이 붙어 있다. 이름의 유래를 살펴보면 여러 가지 설이 있는데 처음 창시한 가게의 이름이 '버들개울'(柳川:야나가와)이었다, 사용된 냄비가 후쿠오카(福岡)의 버들개울 지역에서 만들어진 '柳川焼'(야나가와야키)였다, 냄비에 미꾸라지를 올린 모습이 버드나무 잎을 닮았다 하여 붙여진 이름이다, 처음 만들어진 곳이 후쿠오카의 '버들개울'(柳川:야나가와)이다 등의 설이다.

그 외에도 아귀, 자라, 메기, 아나고 등의 냄비요리도 등장하였다. 또한 에도 초기에는 조류 이외의 짐승의 고기를 식용하는 것은 종교적인 이유에서 금하였지만, 에도 후기에는 멧돼지나 사슴 고기를 먹는 사람도 상당히 있었다.

이 또한 이름이 붙여진 유래가 재미있다. 멧돼지 냄비요리는 '모란 냄비'(牡丹鍋:보탄나베)라 부르며, 사슴 냄비요리는 '단풍 냄비'(紅葉鍋:모미지나베)라 부른다. 이에 대해서는 여러 가지 설 중『江戸味覚歳時記』에「猪の肉は、「牡丹に唐獅子、竹に虎」という文句にちなんで牡丹とし、鹿の肉は、「奥山に紅葉踏み分け鳴く鹿の声聞く時ぞ秋は悲しき」(『古今和歌集』)という古歌からとって紅葉と呼んだ」라고 되어 있다. 번역하면「멧돼지 고기는 '모란에 당(외국에서 온) 사자, 대나무에 호랑이'라는 에도

시대에 유행했던 끝말잇기 노랫가사를 빗대어 멧돼지 고기는 모란이라고 하고, 사슴 고기는 '깊은 산속을 단풍잎 헤치면서 다니는 사슴 우는 소리 들을 때 가을 더욱 슬퍼라'라는 고킨와카슈의 옛노래에서 따와 모미지라고 부른다」라고 쓰여 있다. 이 밖에도 말고기 냄비요리는 '벚꽃냄비'(桜鍋:사쿠라나베)라 부른다.

이처럼 당시에 금기시 되었던 요리를 꽃과 나무 등의 자연물의 이름을 빗대어 부르는 것은 에도시대 쵸닌들의 풍류가 느껴진다.

05. 참새와 여우의 울음소리는 어떤 소리?

【황규삼】

오노마토피아의 표현 효과

오노마토피아는 의성어 · 의태어(擬聲音語 · 擬態語)를 총칭하여 부르고 있는데 의성어가 청각(聽覚)에 호소하는 언어음이라고 하면 의태어(擬態語)는 시각 · 촉각 등 감각에 호소하는 언어음이라는 점에서 이 두 개는 서로 다른 의미영역을 차지하고 있다.

오노마토피아는 어떤 상황을 전체적으로 파악하여 사용하는 감각적인 언어라는 점에서 하나의 개념만을 나타내는 일반어와는 또 다른 특징을 가지고 있다. 다음 예문을 통해 오노마토피아의 의미를 살펴보자.

(1) 夏はやっぱりすいかが最高､しゃりしゃりと童心を誘う歯ごたえ。

〔여름은 역시 수박이 최고. 사각사각 동심을 유혹하는 씹는 감촉(맛).〕

(1)의 'しゃりしゃり'는 얇고 딱딱한 작은 물건이 계속해서 부딪쳐

스치거나 물기가 많은 얇은 음식을 씹을 때 나는 상큼한 소리나 느낌을 오노마토피아의 한 단어 'しゃりしゃり'로 표현한 것이다. 이와 같이 오노마토피아는 하나의 의미만을 나타내는 어휘가 아니라 어떤 상황을 전체적으로 파악하고 직접적으로 묘사하는 어휘로 만화나 공간적·시간적으로 지면상의 제약을 받고 있는 신문 · 광고 등에서는 오노마토피아가 많이 사용되고 있다.

상품시리즈에 사용된 오노마토피아

일본의 신상품 중에서 사계절의 변천을 바탕으로 교겐(狂言) 등에서 사용되어진 옛말의 의성어 · 의태어를 발췌하여 한자를 테마로 선정하고 그 한자와 상품의 이미지에 맞는 의성어 · 의태어를 선택하여 한자와 히라가나(의성어 · 의태어)를 자수한 수건을 판매하는 상품이 일본인뿐만 아니라 외국인들에게도 큰 인기를 얻고 있다.

이는 교토(京都)에서 상품시리즈의 하나로 'Vol.1 수건(手拭い)'『놀자 일본어』(あそぶ日本語)라는 테마를 가지고 상품명에 의성어 · 의태어를 사용하여 수건 등에 자수한 상품시리즈인데 교토(京都)라는 고도(古都)의 이미지와 교겐(狂言)등 옛 문헌에 사용된 의성어 · 의태어를 결부시킴으로써 상품의 격조를 높인 판매정책의 일환이라고 할 수 있다.

이 상품의 특징은 계절에 따라 대표적인 오노마토피아를 선택하여 빨간 실로 자수를 하였으며 염색은 400년의 역사를 가진 교도(京都)전통기술인 'かちん染め'-아교(膠)를 바르고 먹을 사용하여 한 장 한 장 신중하게 솔로 쓸어내듯이 하는 京友禅의 염색술-를 한 것이다. 이런 형태로 완성

된 상품은 어떤 형태를 나타내는 표의문자(表意文字)인 한자의 특징을 살리면서도 소리(音)를 나타내는 음절문자(音節文字)인 히라가나로 오노마토피아의 특징을 잘 살렸다고 할 수 있다. 실제로 이 상품에는 다음과 같이 설명되어 있다.

(2) ぷとぷと・ほろほろ・くわ~いなど、普段聞き慣れないけど、なんとなく心地のよい音は、むかしから日本人に親しまれてきた、オノマトペ(擬音語・擬態語)です。

(나비가) 팔랑팔랑, (꽃잎이) 살랑살랑, (여우가) 콩콩 등 흔히 듣기 쉽지는 않지만 왠지 기분 좋은 상큼한 소리는 예부터 일본인에 친숙해져 온 오노마토페(의성어 · 의태어)입니다.

이렇듯 오노마토피아는 예로부터 현대에 이르기까지 일본인의 마음속에 뿌리 깊게 살아 움직여 온 토속적인 언어라고 할 수 있다. 이런 기획과 개념 위에 염색기술과 오노마토피아가 융합하여 만들어 낸 융 · 복합작품이라고도 말할 수 있을 것이다. 상품에 새겨진 어휘들을 살펴보면 다음과 같다.

1) ほろほろ(살랑살랑, 하늘하늘)

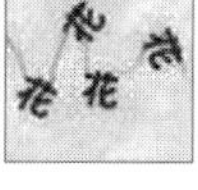

꽃잎이 소리 없이 떨어지는 모습(花の散るさま)을 표현한 것으로 여기서는 눈물이나 액체상태가 방울져 떨어지는 모습을 묘사한 것이 아니라 봄의 벚꽃, 꽃잎 등이 한 잎 두 잎 조

용히 살랑살랑 거리면서 떨어지는 모습을 표현한 것이다.

2) わんわん(윙~윙~)

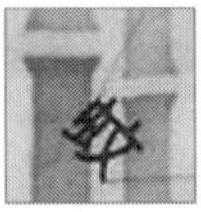

'わんわん'은 주로 개가 짓는 소리를 표현할 때 쓰는 표현이지만 여름철 한 번에 많은 모기(벌)등이 귀찮게 떼를 지어 작은 날개 짓을 하면서 달려드는 모습이나 소리를 표현할 때 쓰는 표현이기도하다. 'カ'(蚊)라는 어형이 날개짓(울음소리)을 나타내는 오노마토피아에서 기원했는지는 자세히 알 수 없지만 그것이 날개짓 소리와 연관되어 의식적으로 사용되어져 온 가능성은 높다고 할 수 있다.

상품명에 쓰여진 '蚊'의 한자와 'わんわん'의 소리는 초조함이나 귀찮음을 나타내는 것이 아니라 오히려 한 여름 밤을 모기와 함께 즐기는 여유를 느끼게 하는 역할을 하고 있는 것이다.

3) ちゅうちゅう(짹짹~)추가

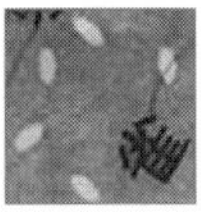

참새(すずめ)의 울음소리에 대해서는 'チュチュ'는 'チューチュー'와 더불어 에도(江戸)시대에 널리 알려진 참새의 울음소리이다. 현재에는 참새의 울음소리 'ちゅうちゅう' 뒤에 날개소리(羽音)인 'ぱたぱた'語가 붙은 'ちゅう(ん)ちゅう(ん)ぱたぱた'가 자주 사용되어지는데 이것은 울음소리인 'ちゅうちゅう', 'ちゅんちゅん'과 날개짓 소리인 'ぱたぱた'가 결합된 어휘라고 할 수 있다.

4) こんくわーい(콩~콩~)

여우(狐)의 울음소리는 'こん・こんこん・こんくわい・けえんけえん' 등과 같이 여러 가지의 형태가 존재하는데 이 울음소리에 의미를 부여하게 되면 관용적으로 고정된 語가 된다.

여우의 울음소리는 다음과 같이 문헌에서도 찾아 볼 수가 있다.

(3) うらない そじやあろぞいな。卦は坤の卦、坤はこんくわい、俗に申す狐則狐福と申て、

－『東海道中膝栗毛』八編・中

(3)의 けつね는 여우(きつね)의 관서지방의 방언으로 울음소리를 빗대어 해학적으로 설명한 것으로 'こんくわい'가 전형적인 형태를 이루고 있는데 울음소리가 변화해서 여우 그 자체를 말하기도 하며 여우(狐)가 가져오는 요행(福)을 말하기도 한다. 또한 여우의 울음소리 'こんくわい'는 울음소리(こん)와 '후회'(後悔・こうかい)의 의미를 중의적(重意的)으로 표현한 의성어로도 자주 사용되고 있다.

5) ざんざん(쫘~쫘~)

'ざんざん'은 비가 심하게 장시간에 걸쳐 내리는 모양을 나타낸 것으로 'ざんざん降り'와 같이 명사적인 용법으로도 사용된다. 주로 일상생활 속에서 사용되는 語로 종종 바람과 함께 비가 단속적으로 강해지거나 약해지거나 하는 모습을 나타내고 'ざ－

ざー' 보다도 音이 가볍고 반향을 일으키는 암시가 있는 말이라고 할 수 있다.

6) かいかい(개골~개골~)

비가 내리거나 그치거나 할 때 또는 아침이나 밤이 되면 친숙하게 들려오는 것이 개구리의 울음소리인데 개구리의 울음소리는 인간의 일상생활과 밀접한 관계가 있는 동물이다.

'かいかい'는 보통 어린아이가 우는 소리를 나타내지만 닭이나 기러기 또는 개구리의 울음소리에도 사용되어지기도 한다.

문헌상에는 개구리의 울음소리가 다양하게 실려 있는데 'カイカイ' 이외에도 'ケロケロ', 'ゲラゲラ', 'コロコロ'와 같이 カ行이나 ガ行音으로 표기되는 경우가 많다.

이와 같이 상품에 사용된 오노마토피아는 표의문자(表意文字)인 한자의 시각적인 특징을 살리면서도 소리를 나타내는 음절문자(音節文字)인 히라가나로 청각적인 오노마토피아의 특징을 효과적으로 살려 상품에 대한 광고효과를 극대화시키는 표현기능을 가지고 있다.

따라서 오노마토피아의 어휘군은 일본어 어휘체계 속에서 주변적인 그룹이 아니라 일상 언어생활 속에서도 자유자재로 사용되고 있으며 시간과 공간의 제약을 받고 있는 신문 · 잡지는 물론 광고문에 있어서도 의미전달의 표현수단으로서 매우 긴요한 어휘군이라고 할 수 있다.

06. 문장부호에 숨은 의미

【윤호숙】

우리가 글을 읽을 때 글자 사이에 쓰여 있는 부호에 대해서는 거의 주의를 기울이지 않는다. 그러나 부호는 글에서 대단히 중요한 역할을 한다.

세계에서 가장 많이 개봉된 것으로 알려진 신카이 마코토(新海誠) 감독의『君の名は。』란 일본 장편 애니메이션이 한국에서도「너의 이름은。」이란 제목으로 개봉되어「센과치히로의 행방불명」 다음으로 관객수가 많았다. 그런데 독특한 점은 영화 제목에서 일본과 한국 모두「。」(고리점)을 썼다는 것이다.

일본에서는 의문문의 경우에도 일반적으로「。」을 사용하지만 광고문의 경우,「?」(물음표)를 사용하는 경우가 많고 제목에는 부호를 사용하지 않는 규정이 있다. 한국도 제목에는 부호를 사용하지 않는 게 일반적이며 예전에는「。」는 세로쓰기에만 사용한다는 규정이 있었으나 최근에는 문장부호 규정에서「、」(모점)과 함께 삭제되었다.

한편, 일본에서도「君の名は。」에「。」이 쓰인 이유에 대해 의견이 분

일본 장편 애니메이션「君の名は。」 포스터

분한데 여기에는 의문의 여지가 없는 확신이기 때문이란 의견이 많다. 영화 속에서 "너의 이름은?" 하고 물어보는 장면이 계속해서 나오는데 이것은 마지막 대사에서처럼 "이미 이름을 알아요.", "네 이름에 확신을 가지고 있어."라는 의미란 것이다. 영어 제목이 의문문이 아니라 「Your name.」으로 번역되어 있는 것도 아마 같은 이유에서일 것이다. 신카이 마코토 감독도 인터뷰에서 「。」이 쓰인 이유에 대해 "극 중에서 여러 가지 의미로 반복되는데 'Who are you?' 라는 의미로도 말하고 'I know your name'이라는 의미로도 말합니다.

또 혹은 '네 이름은 이란 말'로 일단락되어 버리는 순간도 있고, 다음에 또 다른 방향으로 다시 시작되는 순간도 있어서…"라고 설명하고 있다. 한국어 제목에서도 감독의 이런 의도를 감안해서 「。」를 그대로 사용한 것이 아닐까 싶다. 한국어의 「。」(마침표)와 「?」(물음표)에는 그런 복합적인 의미가 없기 때문이다.

「。」는 일본어로 '마루'(まる, 동그라미) 혹은 구텐(句点)이라고 하는데 규정에는 '하나의 문이 완전히 끝날 경우에 사용하며 「 」, 『 』 안에서도 사람에 따라 문의 종지에 사용하기도 한다. 단, 제목과 표어 또는 사물의 명칭만을 배열할 경우에는 사용하지 않는다'고 명시되어 있다.

그러나 실제로는 사용방식이 명확하지 않으며 개인에 따라 차이가 있다. 광고문의 경우 제목에 「。」을 사용하는 경우도 보인다. 특히 '하나의 문 끝에 사용한다는 원칙을 적용하면 문제가 없지만 회화문에서 「 」의 맨 끝에 「。」을 찍을지 여부는 논란이 되고 있다. 신문기사나 소설에서는 찍지 않는데 이는 「。」과 「 」 모두 문장 끝을 나타내는 부호라 중복이 되기 때문이라고 한다. 또한 신문의 표제와 사진 설명 등에도 「。」를 사용하지 않는 것이 보통이다. 「 」안의 문 종결에 「。」을 찍을지 여부는 개인차가 보인다. 이렇듯 문장부호에 대해서는 규정이 있지만 개인차가 있어 확정하기가 어렵다. 문장부호 사용이 명확하지 않은 이유는 일본 고유 표기법이 아니기 때문이라고 할 수 있다.

「君の名は。」의 한국판 포스터 「너의 이름은。」

일본어의 경우 근대 이후 한자어에 비해 고유일본어가 많아지고 문장체에서 구어체에 가까워지면서 이해하기 쉬운 문장으로 바뀌었는데 문장이 이해하기 쉬워졌다는 점에서는 부호도 중요한 역할을 했다고 할 수 있다. 일본어에 문장부호들이 이입된 이유로는 여러 가지 의견들이 있지만, 서구어법상 문장을 단위로 들게 된 점과 서책이 사본이 아니라 인쇄되어 많은 독자들이 대상이 된 점을 들 수 있다. 문의 의미를 쉽고 정확하게 효과적으로 전달하기 위해 근대 이후 문장에는 「。」을 비롯해 여러 가지 부호를 사용하게 되었다.

그러나 이런 부호들을 사용하지 않는 것이 오랜 세월 일본문장의 관례였다. 원래 일본어문은 서구어적인 〈S~P〉 관계로 문이 구축되지 않고 오히려 5 · 7 · 5의 3구(句) 17음(音)으로 되는 하이구(俳句)의 연구(連句)처럼 대등한 문이 나열되는 것이 기본이다. 다만 부호에 대한 개념이 전혀 없었던 것은 아니고 한문을 훈독할 때 훈점의 일종으로 부호가 붙여진 예가 이미 12세기 헤이안 시대(平安朝) 초기에 있었으며 중세 이전부터는 한자가나혼용문(漢字仮名混用文)을 읽을 때 「。」을 썼다는 기록이 보인다. 그러나 이 모두 읽는 측의 주석 작업의 일환으로 쓰인 것이고 쓰는 측에서 표기의 수단으로 「。」을 사용하게 된 것은 훨씬 후세의 일이다. 더욱이 그 형식도 일정치 않아 에도(江戸) 시대에는 일부가 사용되는데 불과했고 「。」이 현재와 같이 정착된 것은 메이지(明治) 초기 이후라 할 수 있다. 이후 「。」이 오랫동안 제자리걸음을 한 것은 일본어 자체구조에 관계가 있으며 나아가 일본어의 표기상 관습과도 관계가 있는 것으로 보인다.

즉 문의 종지가 많은 경우에 용언과 조동사의 종지형이나, 종조사로 끝나는 것이 보통이기 때문에 그와 같은 어형에 의해 문의 종결이 변별되므로 「。」을 필요로 하지 않는다는 사정이 있다. 또한 한자가나혼용문이라는 표기 형식에 의하면 문자의 혼합 정도에 의해 어(語)와 어가 시각적으로 구별되기 때문에 더 더욱 필요로 하지 않는다는 사정도 있었다. 「。」을 비롯하여 각종 문장부호의 이입은 근대문체의 중요한 요건이며 일본어에 있어서 서구식 부호가 출현한 것은 대체로 메이지 10년경부터이나 이것들이 많이 쓰이게 된 것은 메이지 20년 이후이다. 또한 메이지 39년에 국정교과서 수정의 표준을 목적으로 문부대신관방도서과(文部大臣官房図書課) '句読法案'이 작성된 뒤로 수차례에 걸쳐 句読点法에 관한 문서가 발표되면서 구두점(句読点) 용법이 확립하게 되었다.

그러나 처음에는 표준이 명확하지 않아서 부자연스러운 예도 많았고 과도하게 사용된 경우도 있었다. 이렇듯 부호가 현대문에 정착하기까지에는 많은 시일과 함께 시행착오를 거쳤고 과도기적인 양상도 상당수 보인다. 심지어 문부성은 메이지 39년인 1906년에 句読点의 원칙을 국민에게 알리려고 '句読点案'을 공포하였으나 4년 후인 메이지 43년에 발행한 「尋常小学読本唱歌」에 句読点이 거의 찍히지 않은 창가를 게재해 문제가 되기도 하였다.

일본어의 근대화 현상 중 대표적인 것이 구문맥(欧文脈)과 언문일치(言文一致)인데, 구문맥이란 일본에 없던 표현법으로 서구식 언어표현의 영향으로 생겨난 것을 말하며 대명사, 접속어, 비유표현, 추상명사 등과 함께 문장부호도 포함된다. 그러나 이와 같은 문장부호의 사용에 앞장선 것은 작가들이다. 다만 작가 개인의 취향도 강하게 결부되어 고전파인 기코분(擬古文, 옛날식 문장)의 작품에는 문장부호가 거의 없는데 반해 현대파인 시라카바파(白樺派)의 작품에는 지나치리만큼 남용되고 있다.

일본 최초의 언문일치 소설『浮雲』(뜬구름)의 작가인 후타바테이 시메이(二葉亭四迷)는 "번역이 되면, 한 배 더 힘이 든다. 그때는 쉼표도

마침표도 끝내는 글자수까지도 원문 그대로 하려는 고심까지 했다. 역시 부호 수입은 무리였다."(翻訳になると、もう一倍かういう苦労がある。その時は、コンマ、ピリオドも果ては字数までも原文の通りにしようといふ苦心までした。やはり符号の輸入は無理だった。)라며 부호사용의 어려움을 토로하기도 했다. 『浮雲』에는 「。」를 거의 사용하지 않고 '「'는 쓰였는데 '」'는 없이 회화가 계속되고 있었다. 대신 「 」는 외국어에 대한 번역어를 나타낼 때 사용하고 있었는데 위에서 말한 번역에서의 기호사용에 대한 의도가 느껴진다.

다만 '……'가 많이 사용된 것은 신문학의 방향을 나타내고 있었다고 할 수 있다. 일본의 '세익스피어'라고 불리는 근대작가 나츠메 소세키(夏目漱石)도 부호를 활용하여 다양한 표현 효과를 내었다. 대표작인 『こころ』(마음)에서 '선생님'이 '나'에게 본인의 과거에 대해 이야기하는 식으로 전개되는데 특히 마지막 각 장은 모두 낫표(「 」)를 사용하여 직접화법의 회화체 형식을 띄고 있다. 그 가운데서도 1장은 '「……私は'라고 시작하여 마치 유서의 도중부터 인용하는 것 같이 느껴지게 하며 맨 마지막 문장은 '」'를 사용하여 문장을 마무리 짓고 있다.

이 당시에는 회화에서 '「 」'이 사용되거나 '」'없이 '「'만 사용되기도 하였으나 「。」이 가장 일반적이었다. 직전까지 지문과 회화문의 구별도 없었으며 그 후에는 "누군가가 말하거늘."과 같이 사용하거나 표제어에 ▲부호를 사용하는 경우도 있었다. 이밖에도 서구화에 열심이었던 작가로, 언문일체의 선구자인 야마다 비묘(山田美妙)와 풍속소설의 제1인자인 오자키 고요(尾崎紅葉) 등을 들 수 있는데 대부분 다양한 부호를 사용하였으나 당시에는 아직 부호의 용법이 확립되지 않아 시행착오를 많이 겪은 것 같다.

오자키 고요는 「?」나 「!」 등, 서구식 부호를 구사해서 문체 효과를 내려고 시도했고 낭만주의 시의 선구자인 기타무라 도코크(北村透谷)도 시적 표현 효과를 내기 위해 서구식 부호인 '?, ……!' 등을 적극 수용하여 사용하였다. 일본 아동문학의 선구자인 이와야 사자나미(巖谷小波)도 야마다 비묘에 못지않게 서구화의 열성자이며, 오자키 고요와 마찬가지로 새로운 문장작법을 실행하고 언문일치에 정진하면서 부호를 다채롭게 사용하고 있다. 이는 신문학을 지향하는 작가들에게 공통적이라고 해도 좋을 것이다. 이와 같이 문장부호는 단순히 문장을 정확하게 하거나 읽기 쉽게 하는 것 외에도 문장의 리듬감 및 입체감을 내는 효과가 있기 때문에 필요성을 인정하지 않을 수 없으며 적게 사용하면 문장이 서서히 계속되는 효과를 낼 수 있는데 비해 많이 사용하면 문장이 생생하고 입체적인 효과를 낳는다.

최근에는 부호의 사용이 더 확대되고 있다. 「?」의 경우 의문과 반문을 나타내는 경우에 사용하는데 「?……」와 같이 무언으로 의문의 뜻을 나타낼 때도 사용한다. 원래 공문서나 교과서에는 사용하지 않으나 TV, 광고문 등에서 일반적으로 많이 사용되고 있다.

그런데 의문문이 아닌데도 「?」를 사용하는 경우가 늘고 있어 문제로 지적되기도 한다. 메일에서 「終わったかも知れません」(끝났을지도 몰라요)이라고 쓸 때, 마지막에 「。」와 「?」 중 어느 쪽을 사용하는지'에 대해 설문한 결과, 30대 이상에서는 「。」만이라는 사람이 대부분이었지만

20대에서는 「。」와 「?」 둘 다 사용한다는 대답이 대부분이었다고 한다. 20대에서는 SNS 등에서 「終わったかも知れません?」이라고 쓰는 것이 일반적인 것 같다. 아마도 현대 일본어에서는 「?」가 나타내는 의미가 '의문'에서 '글의 소리가 상승하는 것'으로 변화하고 있기 때문일 것으로 생각된다. 「?」도 원래 일본어 서법에는 없었다. 의문을 나타내는 종조사 'か'로 끝나는 글에는 「?」를 붙이지 않아도 의문문인 줄 알지만 「だめ、もう帰る」(안돼, 이제 돌아가)처럼 문자 언어로는 억양을 알 수 없고 평서문에도 의문문으로 해석될 수 있는 글의 경우 「?」를 붙임으로써 끝맺음의 억양을 상기시켜 의문문임을 분명히 하는 효과가 있다. 최근에는 점점 더 다양하게 확대되어 퀴즈 문제, 매직, 소설, 만화, 애니메이션, 게임, 캐릭터, 버라이어티 프로그램 등에서 이름이 불명이거나 밝히고 싶지 않을 때 『?』라고 표기하는 경우가 많다.

이밖에도 일본어 표현의 특징 중 하나인 문말 표현의 생략으로 일본어 문장에는 「……」의 사용이 지나칠 정도로 많은데 「ちょっとお願いがありますが……」(부탁이 좀 있는데요)와 같이 말을 마지막까지 끝내지 않거나 「それはちょっと……」와 같이 책임 회피식으로 애매하게 표현하는 경우가 많다. 이와 같이 일본인이 확실하게 말하지 않는 이유를 알려면 일본의 문화 배경과 일본인의 사고방식을 이해해야 한다고 하지만 부호의 역할도 크다고 생각된다.

한국도 문장부호의 중요성이 인식되기 시작한 것은 그리 오래되지 않았다. 오랫동안 문장부호가 없는 글을 쓰다가 1933년 '한글 맞춤법 통일안'이 만들어지는 단계에 이르러 비로소 문장부호에 대한 규정도 정립되기 시작하였다. 그 후 1989년이 되어서야 문장부호 규정이 한 단계 업그레이드된 모습을 갖추게 되었으나 아직도 정교치 못한 부분이 너무 많아 초보 단계에 있다는 의견이 많다. 근대 이전의 자료에 한문은 물론 국문의 경우에도 단락 구분표인 큰 동그라미(○)와 대화부분에 " " 표시 등이 보이나 근대 이후 일본어를 통한 서구어의 영향으로 논리적 · 객관적인 서술법의 발달과 함께 문장부호 사용이 급증하게 되었다고 한다. 한국에서 문장부호가 정착되어 적절하게 사용되기까지 일본어보다 훨씬 더 오랜 시간이 걸렸으며 과도기적인 양상도 많이 보인다. 근대 신문의 효시라 할『독립신문』초창기 지면에는 부호는 거의 없고 가끔 줄이 바뀔 때 첫머리에 동그라미표를 쓰고 있으며, 인명에는 오른쪽에 한 줄을 쳤고 지명에는 오른편에 두 줄을 그어 시각적 구분을 지었다. 1920년대에 발행된 '朝鮮日報', '東亞日報', '每日新報'에서 구두점을 사용하지 않고 「!」와 「?」를 사용하고 있다. 해방 이후에도 사설이나 고정란 등 일부에만 사용하다가 '朝鮮日報'가 1962년 4월 3일자, '東亞日報'가 1962년 9월 10일자에서 구두점을 사용하기 시작했다. 李奭周(1990), 徐康和(1998)에 의하면 1950년대까지 신문 지면은 부호의 용도 구분이 거의 되어 있지 않아 콤마와 소수점 구분 없이 혼동하여 사용했는데 소수점이 엄밀하게 확립된 것은 70년대 이후이다. 현대에는 한국 신문에도 문장부호가 다양하게 많이 사용되고 있는데 이는 문장부호들이 문자만큼 중요한 역할을 하게 되어 일반화된 것으로 해석된다. 즉 문장부호는 문자가 나타내지 못하는 의미를 보완해 준다는 점에서 표현영역을 확대시켰다고 할 수 있다

한국에서는 '한글 맞춤법' 규정에 의하면 가로쓰기에는 온점(.), 세로쓰기에는 고리점(。)을 쓴다. 그러나 최근에는 대부분 가로쓰기를 하고 있어 고리점(。)의 예는 거의 사용되지 않는다. 용법으로는 서술, 명령, 청유 등에 쓰며 표제어나 표어에는 쓰지 않는다. 다른 문장의 내포문으로 쓰였을 때는 문장 끝의 마침표는 생략하는 관행이 일반화되어 있다. 그러나 교과서는 철저히 찍는 쪽이고, 다른 문장에서는 개인의 취향이나 출판사의 정책에 따라 달라 혼란 상태에 있는 실정이다. 구두점의 관행은 규정보다는 오랜 경험을 통해 이루어진 결과다.

한편 물음표는 일본어에 비해 다양한 용법으로 쓰이는데 예를 들면 직접 질문할 때나 반어, 혹은 수사의문(修辭疑問)을 나타낼 때 의심이나 비웃음 등을 표시할 때 사용하며 적절한 말을 쓰기 어려운 경우에 소괄호 안에 쓰기도 한다. 그러나 현재는 문자메시지를 많이 사용하면서 문장부호 하나 때문에 의미가 달라지는 경우가 많다. 아래 YTN 뉴스 내용에서도 문장부호 하나에 따라 다른 의미로 사용될 수 있어 오해의 소지가 있다. 문장부호는 단순한 문자 메시지 기능의 범위를 넘어서 글쓴이의 감정과 생각을 전달하는 역할을 한다."못합니까"에 물음표 대신 온점(.)을 찍으면 단호하게 느껴져 상대가 나한테 화가 나 있다는 것을 짐작할 수가 있다. 반대로, 물음표를 붙이지 않은 채 무미건조하게 되물으면 '난, 이 약속에 흥미가 없습니다. 관심없습니다'란 의미가 된다. 문장부호를 넣고 빼고 이렇게 많은 의미가 담겨 있다.

"○○○ 앵커, 그것 밖에 못합니까."

"네 TT"

"민정씨, 점심 드실래요?"

"네… 언제요"

빅토르 위고는 외딴섬에서 19년 망명 기간 동안 문학에만 몰두하면서 『레미제라블』(장발장)이라는 걸작품을 남겼다. 작품에 대한 바깥세상의 평판이 궁금하여 출판사에 「?」라고 적힌 편지를 보냈더니 출판사에서 답변으로 「!」라고 보내 왔다고 한다. 빅토르 위고의 「?」는 "내 작품은 잘 팔리고 있습니까? 평판은 어떻습니까?"란 내용이고 출판사의 「!」는 "아주 잘팔립니다. 평판도 좋습니다."란 내용이라고 한다. 너무나도 잘 알려진 이야기지만 이 편지들이 세상에서 가장 짧은 편지라고 한다. 이제는 문자가 없어도 빅토르 위고처럼 문장부호 하나만으로도 자신의 생각과 감정을 충분히 전달할 수 있는 시대가 되었다.

07. 같은 글자 다른 뜻, 한자어의 오묘한 함정

【신웅철】

만두와 만주, 그리고 饅頭

한 겨울 몸이 얼어붙을 것 같은 추위에 몸서리칠 때면 만두전골을 떠올리곤 한다. 보글보글 끓는 전골국물에서 큼직한 만두를 하나 건져 앞접시로 가져와 수저로 갈라내면 그 안에 꽉 들어찬 다진 고기와 채소를 마주하게 된다. 맛도 좋거니와 탄수화물과 육류, 채소를 한 번에 섭취할 수 있어 영양학적인 측면에서도 균형잡힌 음식이다. 몸과 마음을 두루 편안하게 해주는 힐링푸드라고 할 수 있겠다.

한편 지하철 역사 어딘가에서 들큰한 향기로 오가는 사람들을 유혹하는 '델리만쥬'라는 과자가 있다. 출퇴근 길 사람들의 허기진 배를 달래주는 요깃거리인 이 음식을 파는 상호 속 '만쥬'가 일본어의 まんじゅう에서 유래했다는 사실은 알 만한 사람들은 알고 있으리라. 학생 시절 하굣길에 지하철 환승역에서 한 봉지 사서 열차 안에서 우물우물 먹으며 행복감을 느끼곤 했었다. 물론 겉 반죽 속에 든 크림이 너무 달아서 반쯤 남기곤 했지만. 내겐 만두만큼은 아니라도 추억의 힐링푸드이

다. 만두와 만주는 내게는 나름 각별한 음식인데 한자로 적으면 똑같이 饅頭(만두)라는 것을 알게 되었을 때의 감회를 잊을 수가 없다.

만두(饅頭)가 한자어라는 데에는 의심의 여지가 없다. 오늘날 한국어와 일본어에서 쓰이는 모든 한자어가 중국에서 전래된 것은 아니지만, 이 饅頭(만두, まんじゅう)는 단어가 가리키는 대상인 음식과 함께 중국에서 전래되었다. 중국에서는 본래 다진 고기나 야채를 반죽으로 싸서 쪄낸 음식을 만두(饅頭)라고 일컬었다. 그러나 오늘날에는 속에 아무것도 넣지 않고 발효시킨 반죽을 둥그렇게 뭉쳐서 쪄낸 찐빵과 같은 음식을 만터우(饅頭)라고 부른다. 결국 饅頭라는 공통의 뿌리를 갖는 만두, 만주, 만터우는 오늘날 제각기 다른 모습을 갖는 음식이 되었다.

중국의 만터우

만두는 본래 曼頭로 적던 음식으로 曼은 쪄낸 후에 매끈하게 광택이 나는 표면의 질감을 형용한 것, 頭는 전체적인 형상을 나타낸 것으로 분석해 볼 수 있다. 음식으로서의 기원에 대해서는 삼국시대의 제갈량이 만들었다는 전설이 있을 만큼 역사가 오래된 것으로 인식되고 있다. 또한 『태평어람』(太平御覽)을 비롯한 송나라 이후 각종 문헌에 제사상이나 잔치상에 올라갈 음식으로 언급된다.

송나라의 대학자인 주희(朱熹, 1130~1200)의 어록을 모은 『주자어류』(朱子語類)에는 성현의 말씀에 대해 깊이 있게 이해하지 못하는 것을 饅頭라는 음식에 빗대어 다음과 같이 말하였다. "만두(饅頭) 껍질만 먹

훈몽자회

고 소는 맛보지도 않고서 만두 맛을 안다고 하는 것이 옳다고 할 수 있겠는가?" 겉과 속이 다른 만두의 특성을 이용한 주희의 찰진 비유를 오늘날의 한국인과 일본인이라면 쉽게 알아차릴 수 있을 것이다. 비록 속에 들어가는 것이 다르기는 하지만 한국과 일본에서는 겉과 속이 이질적이라는 점에서 공통적인 특성을 갖는 음식인 것이다. 반면 오늘날의 중국어에서는 앞서 언급했다시피 속을 따로 넣지 않은 찐빵을 가리키는 단어로 의미가 변화하였기 때문에 현대 중국인은 주희의 이러한 비유를 선뜻 이해하기 쉽지 않을 수 있다. 중국어의 영향을 짙게 받아 온 한국어와 일본어를 쓰는 사람들은 1000년 전 주희의 비유를 척하고 알아 들을 수 있건만, 정작 주희가 사용한 언어의 직계후손이라 할 수 있는 현대 중국어의 의미만으로는 갸우뚱하게 되는 일이 벌어지는 것이다. 언어의 변화란 참으로 오묘하지 아니한가?

한국의 만두

만두는 비록 외래 음식이라고는 하지만 고려시대에 한반도에 전래되어 오랜 세월을 한국인과 함께 해 왔다. 그렇다면 '만두'라는 단어가 한국어로 쓰이게 된 것은 언제부터일까?

한국어로 된 고문헌에 쓰인 예를 찾아보면 1527년에 최세진이 만든 한자사전인 『훈몽자회』에 '餛:만두 혼', '飩:만두 둔'과 같이 만두의 일종을 나타내는 한자에 대한 훈으로 등장한다. 한자의 훈이라는 것은 글자가 갖는 의미의 일부 또는 전체를 나타내는 한국어 단어라고 할 수 있다. 따라서 한자의 훈으로 쓰인 '만두'라는 한자어가 늦어도 이 한자사전이 편찬된 16세기 초에는 한국어에 뿌리를 내리고 있었음을 짐작해 볼 수 있다.

앞서 오늘날의 중국어, 일본어와 비교했을 때처럼 어원이 같더라도 가리키는 대상이 제각각이 되는 경우가 있을 수 있다. 이것은 서로 다른 언어에 대해서뿐만 아니라 같은 언어의 옛말에서도 상정해 볼 수 있다. 다행스럽게도 1880년에 프랑스 선교사들이 만든 『한불자전』에는 한국어 '만두'에 대해서 '다진 고기와 채소를 채워서 물로 익힌 파이'(220쪽)라고 설명한 것을 확인할 수 있다. 그렇다면 최소한 19세기 후반의 '만두'는 오늘날의 그것과 크게 다르지 않았음을 알 수 있다.

일본의 만주

14세기 후반 원나라에서 일본에 건너온 귀화인 린 조인(林淨因)이 시오세(塩瀬)라는 일본 이름으로 나라(奈良)에 만주 가게를 열었다. 이 가게는 650여 년이 더 지난 오늘날에까지 시오세 총본가(塩瀬総本家)라는 이름으로 명맥을 이어오고 있다. 또한 15세기의 사전 『가가쿠슈』(下学集)와 린 조인의 후손인 린 소지(林宗二)가 16세기에 출판한 만주야본(饅頭屋本) 『세쓰요슈』(節用集) 등에는 饅頭(まんぢう)라는 단어를 찾

시치주이치반 쇼쿠닌 우타아와세

아볼 수 있다.

현대 일본어에서 만주라고 하면 달콤한 팥소가 들어간 것을 떠올리지만, 전래 당시부터 한동안은 채소를 채운 만주, 즉 한국인들이 떠올리는 만두에 가까운 음식도 같은 이름으로 불렀다. 소가 달콤한 만주는 '설탕만주'(砂糖饅頭), 채소를 넣은 만주는 '채소만주'(菜饅頭)라는 이름으로 구분하였는데, 1500년 무렵에 성립한 『시치주이치반 쇼쿠닌 우타아와세』(七十一番職人歌合)에는 만주 파는 사람(調菜)의 그림 옆에 '설탕만주'(さたうまんぢう)와 '채소만주'(さいまんぢう)가 각기 적혀 있다. 달콤한 소를 넣어 찐 만주인 설탕만주는 상류 문화인 다도에서 차와 함께 즐기는 고급 과자로 각광을 받았고 점차 만주라는 명칭을 독점하기에 이르렀다. 한편 채소를 채워 넣은 만주는 오야키(おやき) 등으로 이름을 바꾼 채 몇몇 지방에 남아 있다.

만주는 본래 쪄내는 방식으로 만드는 음식이었다. 그것은 중국의 만터우도 한국의 만두도 마찬가지인데, 서양식 제과법이 들어 온 후 굽는 형태의 만주가 등장하였다. 이후 근현대를 거치면서 만주의 달콤함은 한국인의 입맛 또한 사로잡게 되었다. 다만 '빵'으로 이름을 바꿔 단 채로 말이다. 한국의 경주빵은 쪄내는 만주, 호두과자, 델리만쥬 등은 구워내는 만주와 관련이 있다.

한국인 손님의 마음을 흔들어 놓은 메뉴

일본의 한 식당에 유독 재료 가운데 '人参'을 강조한 메뉴가 있었다. 한국에서 온 손님은 그 두 글자에 홀려 설레는 마음으로 음식을 주문했지만 그릇을 다 비울 때까지 끝내 '인삼'은 찾을 수 없었다는 웃지 못할 이야기가 있다.(필자의 경험담) 왜 한국어와 중국어에서는 '인삼'을 의미하는데 유독 일본어에서는 '당근'이라는 의미로 쓰이는 걸까?

일본에서도 에도시대까지는 人参(にんじん)이라고 하면 약초로 쓰이는 인삼을 가리켰다. 그러나 중국에서 胡蘿蔔라는 이름으로 불리던 작물이 1600년 무렵에 일본에 전래되면서 芹人参(せりにんじん)으로 불리게 되었다. 식재료로 일본 국내에서 재배되어 유통된 芹人参이 값비싸고 구경하기도 어려운 약초였던 '인삼'을 점차 밀어내고 人参이라는 단어를 점유하게 된 것이다. 이에 따라 기존의 인삼은 앞에 朝鮮 또는 高麗을 덧붙여서 나타내게 되었다. 이렇듯 단어의 의미가 변화하면서 기존 의미를 나타내기 위해 새로이 고안된 朝鮮人参과 같은 단어를 레트로님(retronym)이라고 일컫는다.

당근이라는 새로운 작물을 수용하면서 일본어에서는 人参에서 파생한 단어로 나타냈다. 반면 한국어와 중국어에서는 각기 '당근', '胡蘿蔔'과 같은 별도의 단어로 나타냈다. 오늘날 人参이라는 단어에 대해 일본어에서의 의미가 유독 이질적인 이유는 이러한 통시적인 의미변화에서 찾을 수 있다.

한자는 중국어를 적기 위한 문자로서 출발하였으나 한국과 일본, 베트남 등으로 확산되면서 중국어만의 문자일 수 없게 되었다. 개개의 한자와 한자어는 각 언어를 사용하는 사람들에 의해 그 의미가 변화해 왔고, 앞으로도 그렇게 될 것이다. 우리가 한자어의 오묘한 함정을 통해 동아시아 문명의 언어와 문화가 갖는 다채로움을 한층 더 이해할 수 있기를 기대해 본다.

08. 日本学을 위한 言語資源의 硏究

「分類語彙表」를 中心으로

【설근수】

언어자원(言語資源)의 종류

본고는 언어 중에서 일본어의 교육이나 언어학, 문학이나 문화 등을 연구할 경우, 그 '언어자원'(言語資源)을 대상으로 고찰하는 것이 목적이다.

'언어자원'이란 자연언어를 연구할 때 이용되어지는 자원(언어)으로 다음과 같은 것을 들 수 있다. 예를 들어 어휘를 의미에 따라 분류할 경우 일종의 유의어 사전을 말하며, 이와 같은 자원은 오십음순으로 구성되어 있거나 개념별로 분류하고 있는 것 등, 어떤 단어군(어휘별)을 이용하여 목적에 따라 구축되어 있는 '시소러스(Thesaurus)의 자원', 사전이나 언어 데이터와 같이 기계(컴퓨터)가 읽어 들일 수 있는 텍스트의 집성체를 말하며, 화상(영상 코퍼스)이나 음성(음성 코퍼스) 등을 포함한 다양한 종류의 데이터의 집성체인 '코퍼스(Corpus)의 자원', 또 어떤 특정 언어를 있는 그대로 발음이나 발화하고 해당 언어를 분석하는데 필요한 자료를 제공하는 사람인 '인포먼트(Informant)의 자원'이다.

이와 같은 '언어자원' 중에서 본고는 '시소러스(Thesaurus)의 자원'을 중심으로 고찰한 경우이다.

Thesaurus(시소러스)란 무엇인가

일본어학 분야에서 어휘론(語彙論)분야는 언어학 영역의 하나로서 중요한 위치를 차지하고 있다. 어휘라는 단어에서 의미를 나타내듯 휘[彙]라는 의미는 모으다라는 동사적인 의미를 내포하고 있다. 즉 두 개 이상의 단어를 어느 목적에 따라 모은다는 의미이다.

'시소러스'(Thesaurus)의 어원은 그리스어의 'thesaurus'에서 유래된 것으로, 원래 의미는 '보물고'(寶物庫)라는 의미이다. 이 시소러스라는 용어가 사전의 명칭으로 사용하게 된 것은, 1852년 영국에서 로제(Peter Mark Roget,1779~1869)가 어휘를 의미에 따라 분류하고, 『Thesaurus of English Words and Phrases』(영어어구보전)을 저술한 것이 시초로 알려져 있다. 한편 일본자료에 의하면, 1964년 국립국어연구소에서 발행한 『분류어휘표』(分類語彙表)가 유의어(類義語) 사전으로서 상징처럼 전해지고 있다.

일반적으로 시소러스의 내용의 구성을 살펴보면, 동의어 · 유의어 단어를 상위 · 하위관계부분 · 전체관계, 동의관계, 유의관계 등에 따라 단어를 분류하고 체계를 지은 사전인 것이다.

우리가 평소 사용하는 자연언어 국어사전은 모음과 자음의 순으로 쉽게 나열해 놓은 사전인 반면, 이 시소러스 사전은 어떤 목적을 상정하여 의미특징별로 분류하여 편찬한 것이다.

시소러스는 자연언어 처리의 분야에서도 중요한 위치에 있으며 『분류어휘표』의 CD나 『EDR 개념체계사전』과 같이, 전자데이터베이스화되어 있는 자료도 있다. 데이터베이스화된 시소러스는 트리(tree)구조, 또는 표 형식과 같이 다양한 전문 검색 시스템 등에 의해 이용되어지고 있다.

시소러스의 종류

일본에서 편찬된 시소러스 사전류를 살펴보면, 1964년에 국립국어연구소에서 발행한 『분류어휘표』(分類語彙表)를 시작으로, 최근까지 『類語・語彙体系・시소러스・概念体系辞書』 용어 등으로, 다양한 유의어 관련 사전류가 출판되고 있다. 그중 몇 개를 〈표1〉에서 살펴보면 다음과 같다.

〈표 1〉 시소러스 종류

	사전명	단어수	발행기관/저자	출판사(년도)
1	分類語彙表	32,600語	国立国語研究所	秀英出版(1964)
2	分類語彙表－増補改訂版	96,000語	国立国語研究所	大日本国書(2004)
3	角川類語新辞典	50,000語	大野晋 浜西正人	角川書店(1981)
4	類語国語辞典	52,000語	大野晋 浜西正人	角川書店(1985)
5	日本語語彙体系	30万語	池原悟 宮崎正弘ほか	岩波書店(1997)
6	類語大辞典	79,000項目	柴田武 山田進	講談社(2002)
7	日本語大シソーラス	20数万語	山口翼	大修館書店(2003)

유의어의 용어 관계

시소러스라는 사전의 구조를 이해하기 위해서는 다음과 같은 용어의 이해가 필요하다. 즉, 어느 목적에 따라 시소러스를 분류할 경우 '최상위 개념어'(最上位概念語:Categorical 의미) · '상위어'(上位語) · '하위어'(下位語) · '관련어'(関連語) 등과 같이, 단어와 단어와의 관계를 나타내는 여러가지 형태의 구조의 형태를 말한다.

이와 같은 용어를 구체화하면 〈표2〉와 같다.

〈표2〉 유의어의 용어 관계

TT(Top Term)	최상위 개념어(Categorical 의미)
BT(Broader Term)	상위 개념어 (최상위 개념어의 의미와 의미 특징)
Hypernym	하위 개념어 (상위 개념어의 의미와 의미 특징)
NT(Narrower Term)	연관 개념어 (상위 개념어나 하위 개념어의 동료)

위에서 기술한 상하위 간의 단어에서 좌우로 서로 같은 관계어에 해당되는, 즉 어형은 다르나 의미가 같은 단어인 경우 '本屋'과 '書店', 'やまい'(病)와 '病気'와 같은 경우를 '동의어'(同義語:Synonym)라고 한다.

분류어휘표(分類語彙表)의 특징

'분류어휘표'는 품사의 분류를 크게 4가지의 유형으로 나뉘어 있고, 그 품사의 명칭이 일반화된 명칭이 아닌 体(名詞), 用(動詞), 相(形容詞 · 形容動詞 · 副詞)와 같은 특이한 용어를 사용하고 있다는 점이 특징이기도 하다.

이를 구체적으로 나타내면 〈표3〉과 같다.

〈표3〉 품사별 분류표

분류번호(分類番号)	류(類)
1	명사의 동료(名詞の仲間)－체언류(体の類)
2	동사의 동료(動詞の仲間)－용언류(用の類)
3	형용사/형용동사/부사등의 동료－상의 류 形容詞 · 形容動詞 · 副詞等の仲間－相の類
4	그 기타류의 동료(접속사/감동사 등) その他の仲間(接続詞 · 感動詞など)

분류어휘표는 단어의 하나하나에 고유의 숫자 번호가 부여되어 있어, 그 숫자만으로도 어떤 단어인지를 인식할 수 있다는 점이다.

이러한 점에 참고하여 분류어휘표가 어떻게 배열되어 있는지 〈표4〉에서 품사와 숫자와의 관계를 주목하기 바란다.

〈표4〉 품사와 숫자번호 관계

NC	分類段階	分類項目	名 詞	動 詞	形容詞 ·形容動詞 ·副詞	副詞·感歎詞 ·接續詞
1	1次 分類段階	類	体	用	相	その他
			1	2	3	4
2	2次 分類段階	部門	1.1 (抽象的関係)	2.1 (抽象的関係)	3.1 (抽象的関係)	4.1 (なし)
3	3次 分類段階	中項目	1.12 (存在)	2.12 (存在)	3.12 (存在)	4.11 (継続)
4	4次 分類段階	類項目	1.1200 (存在)	2.1200 (存在)	3.1200 (存在)	4.1110 累加)
5	5次 分類段階	段落	01~13	01~12	01~09	01~07

위에서 제시한 '分類語彙表'의 경우, 1차~5차와 같이 몇 단계에 이르기까지 자세하게 분류하고 있다. 먼저 1차 분류단계를 類, 2차 분류단계를 部門, 3차 분류단계를 中項目, 4차 분류단계를 類項目, 5차 분류 항목을 段落과 같은 호칭으로 상하위의 관련어와의 관계를 제시하고 있다.

또 「用の類」(2、2.1、2.12、2.1200、01~12), 「相の類」(3、3.1、3.12、3.1200、01~09), 「その他」(4、4.1、4.11、4.1110、01~07)의 경우도, 각각의 단계의 카테고리를 구체적인 호칭이 아닌 이러한 숫자로서 표기하고 있음을 알 수 있다.

아래 〈표5〉는 類 부문에서 分類項目 항목에 이르기까지 표기한 내용이다.

〈표5〉 품사와 숫자번호 관계

1. : · · · · · · · ·	체언류(体の類)	류(類)
1.3 : · · · · · · · ·	정신 및 행위(精神及び行為)	부문(部門)
1.31 : · · · · · · · ·	언어(言語)	중간항목(中項目)
1.3123 : · · · · · · · ·	전달 · 보도(伝達 · 報知)	분류항목(分類項目)
1.3123 伝達 · 報知 01 〈중간 생략〉 ⇓ 05 通知 連絡 通達 達し 通牒 最新 通牒 既達 厳達 通報 一報 諜報 内応 内通 密告 リーク ⇓ 12 〈중간 생략〉		

09. 단풍이 엘사 같다고?

【이우제】

MBC 방송의 「어서와 한국은 처음이지?」라는 프로그램이 있다. 이 방송은 한국에 거주하고 있는 외국인들이 자신의 지인들을 한국에 초대하여 그들이 한국을 여행하거나, 또는 한국에 살고 있는 외국인들이 한국을 여행하면서 '이방인의 시각'으로 한국의 문화를 어떻게 보는가를 살펴보는 관찰예능 프로그램이다.

주한미군 데이빗의 가족이 가을에 단풍으로 유명한 내장산을 여행하였다. 내장산으로 들어가는 도중, 엄마와 딸아이의 대화가 매우 흥미로웠다.

데이빗의 아내는 잠들었다가 깨어난 딸아이에게 단풍이 너무 예뻐서 이렇게 얘기를 한다. "Look at that." 그러자 어린 딸아이는 단풍을 보고 "(It's) like a Elsa."라고 대답을 했다. 그러자 엄마는 잠시 무슨 소리인지 하고 의아해 했지만, 딸아이가 엘사를 너무 좋아한다는 것을 알고 있기에 무슨 말을 하려 했는지 이해했다. 웃으며 남편에게 딸아이가 "단풍이 엘사 같다."고 말한 것을 전한다.

MBC 프로그램 「어서와 한국은 처음이지?」

프로그램의 패널들 역시 영화 「겨울왕국」의 내용을 알기에 아이가 어떤 의미로 그 말을 했는지 이해하게 된다.

데이빗 가족이 출연했던 방송을 계속 봐 온 사람이라면 아이가 beautiful이라는 단어를 알고 있음을 충분히 짐작할 수 있다. 그런데 왜 아이는 “It’s beautiful.”이라고 하지 않았을까? 아마도 아이는 지금까지 자기가 경험한 것 중, 세상에서 가장 예쁜 것은 ‘엘사’라고 생각하고 있어서 단풍을 보고 “(It’s) like a Elsa.”라고 대답한 것으로 이해된다.

종래의 언어학의 관점에서는 인간은 잠재적으로 언어를 구사할 수 있는 능력을 이미 갖고 태어난다고 보고 있다. 그러나 아이가 예쁜 단풍을 보고 “(It’s) like a Elsa.”라고 대답한 것에 대해 언어운영 능력은 인간에게 생득적(生得的)인 것이라는 종래의 언어학의 관점으로는 설명이 되지 않는다. 언어가 생득적인 것이라면 아이는 “It’s beautiful.”이라고 해야만 할 것이다.

그래서 이번 글에서는 이러한 종래의 언어학의 관점으로는 설명되지 않는 언어 현상들뿐 아니라 우리가 현재 사용하여 표현되는 언어 현상에 대해, 언어는 인간이 갖고 있는 인지능력이 관여하고 있으며, 이러한 인지능력은 인간의 신체적 경험을 바탕으로 언어표현으로 발현된다고 보고 있는 인지언어학적 관점에 대해 간단히 소개하고자 한다.

3종류의 비유와 관련하는 인지능력

인지언어학에서는 인간의 언어 운영과 관련하는 인지 능력으로 크게 다음과 같은 것이 있다고 생각하고 있다. 즉, 복수의 대상을 **비교하는 능력**, 비교하는 행위에 기초하는 **카테고리화 능력**, 동일 대상을 **다른 레벨 또는 관점에서 파악하는 능력**, 참조점에 기초하여 목적 대상(타겟)을 파악하는 **참조점능력**이 언어를 운영하는 인간에게 갖추어져 있다고 보고 있다.

우선, 복수의 대상을 비교하는 능력, 비교하는 행위에 기초하는 카테고리화 능력에 대해 살펴보도록 하자. 이 능력에 대해 알기 쉽게 이야기하자면, 인간은 두 가지 이상의 대상을 비교하고, 그 사이의 차이점이나 공통점을 찾으려고 하며, 유사한 대상에 대해 자신의 경험을 바탕으로 전형적인 대상(인지언어학에서는 '프로토타입'이라고 한다)을 중심으로 가장 전형적인 것(프로토타입)으로부터 주변적인 것으로 그 정도성에 따라 '카테고리화' 즉, 범주화해 나가는 것이 인간의 인지능력 중의 하나로 생각하고 있다.

[1] 메타포

메타포 : 두 사물 또는 개념 사이에 유사성을 근거로 한 쪽의 사물 또는 개념을 나타내는 형식을 이용하여 다른 한 쪽의 사물 또는 개념을 나타내는 비유

(1) 현주엽은 "전성기 시절에 이상민은 컴퓨터 가드, 우지원은 황태자, 김

병철은 피터팬, 허재는 농구 대통령, 다 이런 별명이었다. 그런데 나는 하마. 나도 사람이고 싶은데 나만 동물이었다"라고 볼멘소리를 냈다.

SBS 「미운우리새끼」 방송 중의 현주엽

전 국가대표 농구선수 현주엽(고려대학교 출신)이 「SBS 미운우리새끼」 방송 중 자신의 별명을 비롯 당시 유명했던 선수들의 별명에 관한 이야기에서 인간의 비교하는 인지능력이 잘 드러나 있어 예로 들었다. 패스나 슛이 컴퓨터처럼 정확했던 이상민 선수는 컴퓨터 가드(기능적 유사성), 외견이 품위 있어 보이고 귀족스러운 분위기인 우지원 선수는 황태자(형태적 유사성), 몸이 민첩하고 점프력이 좋아 공중 플레이가 능했던 김병철 선수는 피터팬(기능적 유사성), 팀 구성원들의 플레이를 콘트롤했던 허재 선수는 농구 대통령(기능적 유사성), 덩치가 크고 동글동글한 얼굴인 현주엽 선수는 하마(형태적 유사성)와 같이 별명은 크게 형태적인 유사성과 기능적 유사성에 근거로 하여 붙여진다는 것을 알 수 있다. 별명의 사례를 통해 두 대상 사이의 형태적, 기능적 '유사성'을 근거로 하는 인지능력을 살펴 보았다.

다음으로 비교하는 행위에 기초하는 카테고리화 능력에 대해 살펴보기로 하자. 인지언어학에서는 인간은 다양한 사물과 개념에 대해 효율적으로 분류하고 정리하려고 한다고 보고 있다.

(2) 沖縄一のら-めん屋になるっ! との志で「丸麺あがり」をオープンしました。沖縄では一切つけ麺が浸透しておらず、毎日毎日説明してました。「これはら-めんじゃない!」とか、「こんなんは潰れる店」等々めげる事ばかり…(https://agarihi.ti-da.net/)

(2)에서 라멩(ラーメン)가게 점장은 국물이 들어가는 라멩(ラーメン)만 먹는 오키나와에서 소스에 찍어 먹는 츠케멩(つけ麺)을 보급하려고 애쓰고 있다는 것을 알 수 있다. 이 점장의 츠케멩(つけ麺)을 먹은 오키나와 사람이 「これはら-めんじゃない!」라고 한 것은 오키나와에서 라멩(ラーメン)이라고 하는 것은, 제일의 조건이 스프(국물)에 면이 있어야 한다는 것을 말하는 것이다. 즉, 오키나와 사람에게는 가장 전형적인 라멩(ラーメン, 프로토타입)의 조건으로 국물이 있어야 한다는 것이고, 반대로 국물이 없다면 라멩(ラーメン)이라고 부를 수 없다는 것을 말한다. 앞서 「어서와 한국은 처음이지」 프로그램에서 여자아이가 단풍을 보고 "It's beautiful."이라고 하지 않은 이유에 대해 생각해 보면, 아이의 [예쁜 것]의 카테고리에 있어 가장 전형적인 사례(프로토타입)는 [Elsa 엘사]이고 그 다음으로는 beautiful, cute 등이 있다고 생각된다. 그 아이는 자신의 신체적 경험과 언어적 경험을 통해 스스로 카테고리화한 것 중, 최고로 [예쁘다]를 나타낼 수 있는 표현으로 [like a Elsa 엘사같다]라는 표현을 선택한 것일 것이다. 오키나와 사람들의 라멩(ラーメン)의 사례와 '예쁘다'(단풍)을 엘사라고 표현한 여자아이의 사례를 통해 인간은 항상 외부 세계의 대상과 일어난 일을 비교하고,

유사성을 발견하려고 하며, 비교 대상을 전형적인 사례(프로토타입)에 비추어 효율적으로 카테고리화하려고 한다는 것이 이해될 것이다.

[2] 시네크도키

시네크도키는 보다 일반적인 의미를 갖는 형식을 이용하여 보다 특수한 의미를 나타내거나, 혹은 그 반대로 보다 특수한 의미를 갖는 형식을 이용하여 보다 일반적인 의미를 나타내는 비유를 말한다. 시네크도키의 정의에서 '보다 일반적인 의미'라는 말은 [지시하는 범위가 넓다]라는 말로, '보다 특수한 의미'라는 말은 [지시하는 범위가 좁다]라는 말로 바꾸어 말할 수 있다. 구체적인 예를 통해 확인해 보기로 하자. 우선 일반적인 의미가 특수한 의미를 나타내고 있는 경우는 다음이다.

(3) お酒ください。

필자가 일본 유학시절 동네의 작은 음식점에 식사를 하러 들어갔을 때 어느 손님이 위와 같이 주문을 하였다. 어떤 술이 나올지 매우 궁금했다. 잠시 후 '정종' 즉, '日本酒'(にほんしゅ)가 나왔다. 처음에는 단골이라 'お酒'(おさけ)라 주문을 하면 주인이 알아서 '日本酒'(정종)를 가져다주는 것으로 생각했지만 실은 그렇지 않았다. 필자가 식사를 주문하려 메뉴를 살펴보니 주문할 수 있는 술의 종류로 'ビール、お酒、ウーロンサワー'가 적혀 있어 단골이 아니더라도 주문할 수 있는 술의 '한 종류'임을 알 수 있었다. 즉 '日本酒'(정종)는 'ビール(맥주)、ウーロンサワ

−'(우롱사와)와 마찬가지로 'お酒'(술)의 한 종류인데 상위개념인 'お酒'(おさけ)가 그 종류 중의 하나, 즉 하위개념인 '日本酒'(にほんしゅ)를 지시하고 있는 것이다. 위에서 시네크도키를 정의한 바와 같이 지시범위가 넓은 [種(お酒)]이 지시범위가 좁은 [類(日本酒)]를 가르키고 있는 것이다.

한 가지 예를 더 들어보자. 일본의 기후에서 여러 종류의 꽃이 피지만 적어도 일본문화권에서 자란 사람이라면 'お花見'(꽃놀이)란 단어에서 '花'(꽃)가 'サクラ' 즉, 벚꽃을 의미하고 있다는 것을 알고 있다. 이것도 상위개념인 '꽃'(花)이 그 하위부류의 하나인 '벚꽃'(サクラ)을 가리키고 있는 것이다.

이번에는 반대로 특수한 의미가 일반적인 의미를 나타내는 경우를 살펴보자. 한국어의 '신발장'에 해당하는 일본어는 '下駄箱'(げたばこ)라고 한다. 신발(種)에는 운동화, 등산화, 구두, 하이힐, 슬리퍼 등 다양한 종류(類)가 있다. '下駄'(나막신)는 일본 문화권에서는 신발의 한 종류이다. 신발의 한 종류인 '下駄'(げた, 나막신)가 그 상위 개념인 '신발' 즉 '履き物'(はきもの, 신발)를 가르키고 있는데 일본인이라면 '下駄箱'(신발장)에 '下駄'(나막신)만 넣어 보관하는 것이 아니라 운동화, 구두, 하이힐, 슬리퍼 등 여러 가지 종류의 신발을 넣는 곳임을 알고 있다. 한국어 '필통'에 해당하는 '筆箱'(ふでばこ)역시 시네크도키에 의한 의미 확장 사례임이 충분히 이해될 것이다..

따라서 이와 같이 동일 대상을 다른 레벨 또는 관점에서 파악하는 인지능력에 의해 언어가 운영되고 있음을 알 수 있다.

[3] 메토니미

마지막으로 '근접성, 관련성'에 근거하여 의미가 확장하는 메토니미에 대해 검토해 보기로 하자. 메토니미는 두 사물의 외계에 있어서 인접성, 보다 넓게는 두 사물 또는 개념이 관념상에 있어 관련성을 근거로 한쪽의 사물 또는 개념을 나타내는 형식을 사용하여 다른 한편의 사물 또는 개념을 나타내는 비유를 말한다.

메토니미의 인지적 기반은 '참조점 능력'이다. 참조점 능력이란 어떠한 사물을 파악하거나 가리킬 때에 그 대상을 직접 파악하는 것이 곤란할 경우, 보다 파악하기 쉬운 다른 대상이나 이미 잘 알려진(또는 커뮤니케이션에 참가하고 있는 참가자 모두가 알고 있는) 것을 참조점으로 활용하여 본래 파악하고자 하는 대상을 파악하고 이해하는 인지능력을 말한다.

(4) A: 저 오빠 멋있지 않니?
B: 누구?
A: 저기 왼쪽 뿔테안경.
B: 그 오빠보단 그 뒤에 야구모자가 괜찮은데.

위의 대화는 여성 둘이 자신의 남성에 대한 취향에 대해 이야기를 나누고 있는 장면이다. 우리는 일상생활에서 잘 알지 못하는 사람이나 사물을 가리키거나 할 때 이런 식의 대화를 종종 나누게 된다. 자신이 인식하고 있는 대상(사람이건 물건이건 간에)에 대해 상대방과 인식을 공유하기 위해 그 대상이 갖는 주요한 특징에 주목하여 위와 같은 방법으로 화자와 청자는 대상에 대한 인식을 공유하게 된다. 이 대화에서 A의 여성이 주목하고 있는 남성을 상대방인 B의 여성이 인식을 하지 못하자 신체의 일부인 머리에 주목하고 그 특징으로 '뿔테안경'에 주목하여 상대방과 인식을 공유하게 됨을 알 수 있다. 그 후 주목 대상에 대한 인식을 공유하고 나서 B의 여성이 자신의 타입이 아니라고 평가를 달리하며, A와 마찬가지로 주목하고자 하는 대상의 특징으로 '야구모자' 착용에 주목하여 대상에 대한 인식을 공유하려 하고 있음을 알 수 있다. 즉, 뿔테안경(대상의 일부)을 쓴 남자(대상 전체)와 야구모자(대상의 일부)를 쓰고 있는 남자(대상 전체)를 가리키는데 이와 같이 신체적 특징을 참조점(대상의 일부)으로 하여 대상을 파악하고 있는 것이다.

과연 인간의 공통적인 인지능력인지 일본어의 예도 살펴보기로 하겠다.

(5) A：山田君、今日、いっぱいどうかね。

B：いや、お誘いありがたいですが、今日は子供の誕生日なんで…

한국어모어화자인 일본어학습자도 위의 예문에서 'いっぱい'(一杯, 한 잔)가 어떤 의미로 사용되고 있는지 쉽게 이해될 것이다. 왜냐하면 한국어로 '今日、いっぱいどう'(오늘 한 잔 어때?)라는 의미가 '오늘 술을 마시자'는 제안의 의미로 동일하게 사용되어 질 수 있기 때문이다. 한국어나 일본어나 '한 잔'(いっぱい)이 콜라, 사이다, 생수, 오렌지 주스

등등 여러 가지 음료수들 중에서도 '술'을 가리키고 있다는 것을 한국어모어화자뿐만 아니라 일본어모어화자도 '한 잔'과 '술'의 관계성을 이해하고 있기에 그 의미 해석이 가능한 것이다. 즉, '한 잔' 마실 수 있는 음료수의 종류는 위에서 열거한 바와 같이 많은 종류의 것들이 있으나 그중에서도 '한 잔'과 관련된 음료수는 '술'에 한정되어져 있다는 것을 우리는 직접적이든 간접적이든 경험을 통해 알고 있다. 이러한 일상적인 경험(학습)이 의미 해석에 크게 작용하여 단어 그자체의 의미가 아닌 다른 의미를 나타낸다는 것을 이해할 수 있게 되는 것이다. 앞서 메토니미를 정의한 바와 같이 두 사물 또는 개념 사이의 '관련성'이 근거가 되어 있다는 것이 충분히 이해될 것이다.

지금까지 인간의 언어 운용과 관련하는 주요한 비유의 3종류인 '메타포', '시네크도키', '메토니미'에 대해 살펴 보았다. 이러한 비유를 통해 확장된 의미를 이해하고 운용하게 하는 인지적 능력 즉, 복수의 대상을 비교하는 능력, 비교하는 행위에 기초하는 카테고리화 능력, 동일 대상을 다른 레벨 또는 관점에서 파악하는 능력, 참조점에 기초하여 목적 대상(타겟)을 파악하는 능력이 우리 인간에게 갖추어져 있는 능력이라는 것을 일본어와 한국어의 구체적인 예를 통해 이해할 수 있었다. 이러한 인지능력을 이용하여 외국어를 학습한다면, 보다 효과적이고 모어화자의 감각에 가까운 언어 운영 능력을 기를 수 있을 것으로 생각되어진다.

10. 일본어의 야리모라이 연구의 확장성

【송혜선】

일본어의 야리모라이 구문의 연구는 미야지(宮地, 1965), 오쿠쓰(奥津, 1974), 오에(大江, 1975), 구노(久野, 1978) 등의 많은 연구가 있지만 그 대부분은 '시점성'에 연구가 치우쳐 있는 경향이 있었다. 지금까지의 야리모라이 동사 구문의 연구와는 다른 관점에서의 연구로는 무라카미(村上, 1986)로 대표되는 언어학 연구회에 의한 의한 연구가 있다. 무라카미(村上, 1986)에서는 구문론적인 관점에서의 연구를 시작으로 수수동사 구문의 보이스적인 측면에서 본격적인 연구를 시작하였다.

송(2006)에서는 무라카미(村上, 1986)에서 시작된 구문론적인 연구와 보이스적인 측면의 연구를 이어받아 수수동사와 결합하는 선행동사를 분류하면서 수수동사 구문을 체계화시킴과 동시에 사역동사와 결합한 사역야리모라이 구문을 체계화 시켰다.

그리고 야리모라이 연구를 모달리티 측면으로 연구영역을 확산하여 수수동사 구문의 연구를 확장시켜 왔다. 본고에서는 수수동사 구문의 연구의 확장성으로 구문론적인 측면과 보이스(態)적인 측면, 모달리티적인 측면에서 수수동사 구문을 고찰하고자 한다.

1. 구문적인 관점에서 본 야리모라이 구문

야리모라이 구문이란 이익을 주는 사람(이하 이익주체라 함)과 이익을 받는 사람(이하 이익대상이라 함)과의 관계로 거기에 이익물이 첨가되는 구조를 이루고 있다. 그 때문에 야리모라이 구조에는 이익주체와 이익대상, 이익행위라고 하는 세가지 요소를 갖추고 있어야 한다. 본고에서는 야리모라이 동사와 결합하는 선행동사를 분류하며 야리모라이 구문의 구조를 고찰하기로 한다

〈표1〉 본고에서의 동사분류

<table>
<tr><th colspan="2">동사의 종류</th><th>원래의 동사(전항동사)</th><th>야리모라이</th></tr>
<tr><td colspan="2" rowspan="2">사람에 대한 영향을 미치는 타동사</td><td>ヲ격의 동작대상에 영향을 미치는 타동사</td><td rowspan="2">직접의 야리모라이</td></tr>
<tr><td>ニ격의 동작대상에 영향을 미치는 타동사</td></tr>
<tr><td rowspan="2">사물에 영향을 끼치는 동사</td><td>もようがえ 동사</td><td>ノ격의 부분인 ヲ격에 영향을 미치는 타동사</td><td rowspan="2">소유주 야리모라이</td></tr>
<tr><td>とりつけ 동사</td><td>ノ격의 부분인 ニ격에 영향을 미치는 타동사</td></tr>
<tr><td colspan="2" rowspan="2">자동사 및 사물에 영향을 미치는 동사</td><td>ヲ격의 사물이나 사항에 영향을 미치는 타동사</td><td rowspan="2">제삼자 야리모라이</td></tr>
<tr><td>ニ격의 상대방을 취하지 않는 자동사</td></tr>
</table>

야리모라이란 이익주체가 이익대상에게 이익을 주는 행위인 것이다. 다카기(高木, 1999)에서는 야리모라이에 관하여 다음과 같이 두 가

지 측면이 있는 동사로 파악하고 있다. 즉 다카기(高木,1999)에도 언급되어 있는 바와 같이 야리모라이란 이익을 둘러싼 행위로써 파악할 수가 있을 것이다. 본고에서는 일본어의 '수여태'-이익주체를 주어로 한 구문, 즉 'てやる(あげる)/くれる' 동사 구문을 의미-를 '働きかけ'-편의상 한국어로 '영향'이라고 번역-의 측면에서 고찰하고 ガ격의 이익주체가 ヲ격 또는 ニ격의 이익대상에 직접적으로 'はたらきかける'-편의상 '영향을 미치다'라고 번역-경우를 '직접의 야리모라이'라고 한다. 또한 이익주체로부터 이익대상에 대한 이익행위가 간접적이며 이익대상이 'のために'로 표시되는 경우를 '제삼자의 야리모라이'라고 부르기로 하겠다.

직접의 야리모라이

직접의 야리모라이 구문의 구조

직접의 야리모라이란 이익주체가 구문에 나타나는 이익대상에게 영향을 주는 구문이다. 그 때문에 직접의 수여태에 있어서 이익대상은 ヲ格과 ニ格으로 나타나며 ヲ格과 ニ格의 사람에 대한 영향을 나타내는 타동사이다. 예를 들면 'ほめる,助ける、なぐさめる、かわいがる、もてなす、起こす、招待する、泊める、迎える、育てる、救う、解放する、案内する、誘う'와 같은 타동사이다.

(1) 先生が学生をほめる

→先生が学生をほめてやる／くれる

→学生が先生にほめてもらう(ほめられる)

(2) 太郎が次郎にお金を送った

→ 太郎が次郎にお金を送ってやる／くれる

→ 次郎が太郎にお金を送ってもらう(送られる)

위의 용례 (1)과 (2)구문에서는 ガ격의 동작주체인 '先生が→先生に', '太郎→太郎に'로 수익태 구문에서는 ニ격으로 표시되며 동작대상은 '学生を→学生が', '次郎に→次郎が'로 격의 교체가 일어나고 있다. 이러한 타입의 보이스성에 대하여 다카하시(高橋, 1994)에서는 '대립'의 보이스성이라고 규정짓고 있다. 위의 용례에서의 'てやる'(くれる)구문과 'てもらう' 구문은 격이 교체하는 '대립'의 보이스 구조를 이루고 있으나 이 구문은 '先生が学生をほめる->学生が先生にほめられる', '太郎が次郎にお金を送る→次郎が太郎にお金を送られる'와 같이 격이 교체하는 능동태와 수동태 구문의 관계와 수동태 구문과 같은 보이스성을 보이고 있다.

소유주 야리모라이

소유주 야리모라이 구문의 구조

소유주 야리모라이란 ノ격의 동작대상의 ヲ격 또는 ニ격의 신체일부분 또는 소유물에 영향을 미치는 타동사 구문에 야리모라이 동사가 결합한 구문이다. 오쿠다(奥田, 1983)의 동사분류에서는 'もようがえ動詞'나 '取り付け動詞'가 소유물에의 영향성을 나타내는 동사이다.

'소유주 야리모라이'는 ガ격의 동작주체가 동작대상인 ノ격의 ヲ격 또는 ニ격의 부분에 이익행위가 미치는 구문이다. 이익행위가 직접적이라는 면에서는 '직접의 야리모라이'의 일부분이라고 말할 수 있으나 '직접의 야리모라이'는 이익행위가 동작대상의 전체에 미치고 있는 데에 반하여 '소유주 야리모라이'는 동작대상의 부분(신체 또는 소유물)에 미치고 있다는 점에서 구별된다.

(3) 母は子供の顔を洗う

→ 母が子供の顔を洗ってやる／くれる

→ 子供が母に顔を洗ってもらう

(4) 兄が弟の手にバンドをつける

→ 兄が弟の手にバンドをつけてやる／くれる

→ 弟が兄にバンドをつけてもらう

위의 용례 (3)과 (4)구문에서도 ガ격의 동작주체인 '母が→母に', '兄が→兄に'와 같이 수익태 구문에서는 ニ격으로 표시되며 동작대상 즉 소유주인 ノ격의 인물이 '子供の→子供が', '弟の→弟が'로 격의 교체가 일어나고 있다. 이러한 타입도 다카하시(高橋, 1994)의 보이스 정의에서 '대립'의 보이스성에 해당된다. 즉 이러한 타입의 구문도 격이 교체하는 수동태 구문과 같은 구조를 나타내고 있다.

제삼자의 야리모라이

제삼자의 야리모라이는 동작대상에 대한 영향면에 있어서 동작주

체가 동작대상에 대한 영향이 직접적이라고 하기보다 간접적인 경우이다. 제삼자의 야리모라이의 구문적인 특징은 선행동사가 자동사이거나 또는 사람을 동작대상으로 취하지 않는 타동사, 동작대상과 이익대상이 다른 구문의 경우이다. 이와 같은 타입의 동사구문은 원래의 동사구문에는 동작주체만 존재하는 구문이므로 야리모라이 구문에서 새로이 이익을 받는 사람이 추가되게 된다. 새로이 추가된 인물은 동작대상은 아니며 동작주체의 행위에 의하여 간접적으로 영향을 받는 인물이다. 그러므로 이익을 받는 대상은 수여태에서는 ヲ격이나 ニ격을 취하지 못 하고 'のために'로 표시되게 된다. 또한 수익태에서는 ガ격의 위치에 나타나게 되어 동작주체에게 어떤 행동을 하게 하는 사역주로서의 성격도 가지게 된다.

제삼자의 야리모라이구문의 구조

'직접의 야리모라이'와 '소유주 야리모라이'에서는 동작대상이 이익대상이 되는 구조이었으나 '제삼자의 야리모라이'는 사람에 대한 영향을 갖고 있지 않은 동사, 즉 자동사나 사람을 동작대상으로 취하지 않는 타동사 구문에 야리모라이 동사가 결합하여 만들어진 구문이다. 또한 동작대상으로 사람을 취하는 동사이더라도 동작대상이 이익대상이 아니고, 이익대상이 새로이 추가되는 구문은 '제삼자의 야리모라이' 구문이 된다.

제삼자의 야리모라이 구문의 특징은 '원래의 동사'-야리모라이 동사와 결합하기 이전의 동사구문-구문에 존재하지 않았던 이익대상이 새로이

추가되게 되는 구문이다. 제삼자 야리모라이 구문에서 새로이 추가되는 이익대상은 동작대상이 아니므로 ヲ격이나 ニ격을 취하지 않고 'ノタメに'와 같은 후치사에 의해서 표시되게 된다.

(5) 夫が帰る
→ 夫が妻のために帰ってやる／くれる
→ 妻が夫に帰ってもらう

(6) 太郎が仕事を受け持つ
→ 太郎が花子のために仕事を受け持ってやる／くれる
→ 花子が太郎に仕事を受け持ってもらう

위의 용례 (5)와 (6)구문의 선행동사는 자동사이거나 사람을 동작대상으로 취하지 않는 타동사이다. 이와 같은 타입의 동사가 야리모라이 동사와 결합하게 되면 원래의 동사구문에 존재하지 않았던 인물이 새로이 추가되어, 수여태에서는 'ノタメニ'로 표시되며 수익태에서는 ガ격으로 표시되게 된다.

새로이 추가되는 인물인 '妻'와 '花子'는 동작주체인 '夫'와 '太郎'에게 '帰る', '受け持つ'라는 행위를 하게 하는 인물이다. 다카하시(高橋, 1994)에서는 원래의 동사구문에 존재하지 않던 새로운 인물이 추가된다는 의미에서 '파생'이라고 정의하였는데 제삼자의 야리모라이 구문의 보이스성은 '파생'에 해당된다고 할 수 있을 것이다. 다시 말하면 ガ格의 의뢰주가 ニ格의 동작주체에게 어떤 행위를 하게 한다는 점에서

제삼자의 수익태는 사역구문과 같은 구조를 가지고 있다고 할 수 있을 것이다.

2. 보이스(態) 관점에서의 야리모라이 구문

보이스적인 측면에서는 원래의 동사구문이 수익태가 되었을 때 어떠한 수익태 구문이 되는가라고 하는 원래의 동사와의 관계에서 수익태 구문을 '직접의 수익태, 소유주 수익태, 제삼자 수익태로 나누어서 고찰하고 이러한 구문이 어떠한 보이스성을 가지고 있는지를 고찰해가기로 하겠다.

수동태형 'てもらう' 구문

무라카미(村上, 1986)는 야리모라이 동사구문을 ヴォイス적인 관점에서 수동태와 사역태와의 관련성을 구문구조를 통하여 밝힌 연구이다. 일본어의 야리모라이 구문은 시점성이 강한 동사로 그 때문에 구문상의 면에서 인칭의 제약이 있다는 것이 지금까지의 선행연구에서 밝혀진 부분이다. 본 연구에서는 지금까지의 야리모라이 구문의 연구와 방법을 달리하여 이익주체와 이익대상 그리고 이익행위를 하는 야리모라이 구문에서 가장 중요한 이 세 가지 요소가 구문상 어떻게 나타나고 있는가를 기준으로 하여 야리모라이 구문을 고찰하려고 한다.

직접수익태

〈ヲ격의 동작대상을 취하는 타동사 구문〉

(7) 父さんの会社の人が　僕を　助ける

動作主体　動作対象　働きかけの動作

(8) 僕が　父さんの会社の人に　助けてもらう(助けられる)

動作対象　動作主体　働きかけの動作

〈に격의 동작대상을 취하는 타동사구문〉

(9) お兄ちゃんが　山本太郎に　水泳を　仕込む

動作主体　動作対象　対象物　働きかけの動作

(10) 山本太郎が　お兄ちゃんに 水泳を　仕込んでもらう(仕込まれる)

動作対象　動作主体　対象物　働きかけの動作

위의 구문에서 원래의 타동사 구문과 수익태와의 관계에 있어서 동작주체가 '父さんの会社の人が－〉父さんの会社の人に', 'お兄ちゃんが－〉お兄ちゃんに'와 같이 동작주체가 'が'격에서 'に'격으로, 동작대상이 '僕を－〉僕が', '山本太郎に－〉山本太郎が'와 같이 'ヲ'격 및 'に'격에서 'が'격으로 바뀌는 구조로 되어 있다.

이러한 구조는 타동사 구문과 수익태 구문과의 사이에서 동작주체와 동작대상의 격이 바뀌는 대립의 구조이다. 직접의 수익태가 타동사 구문과 격이 바뀌는 '대립'의 구조는 직접의 수동태와 같은 구조이다. 즉 직접의 수동태 구문도 원래의 타동사구문과 대립하고 있으며 그러한 구조는 직접의 수동태 구문과 같은 구조임을 알 수가 있다.

그러나 직접의 수익태와 직접의 수동태의 구조가 같다도 해도 화

자가 어떤 사태를 어떻게 파악하고 있는 가라고 하는 화자의 사태를 파악하는 태도는 다르다고 할 수 있을 것이다. 예를 들면 직접의 수동태 '助けられた', '仕込まれた'는 화자가 어떤 사건을 객관적으로 파악하여 어떤 동작을 받았다라고 하는 사실만을 말한다고 한다면 직접의 수익태 '助けてもらった', '仕込んでもらった'는 영향을 미치는 동작을 받았다라고 하는 사실과 더불어 화자가 그 사태를 자신에게 있어서 이익이 되었다고 파악하고 있다고 하는 화자의 사태의 파악의 방법이 다른 것이다.

소유주 수익태

〈を격의 동작대상을 취하는 타동사〉

(11) 先生が　学生の　頭を　撫でる
　　動作主体　持ち主　動作対象　動作

(12) 学生が　先生に　頭を　撫でてもらう(撫でられる)
　　持ち主　動作主体　動作対象　動作

〈に격의 동작대상을 취하는 타동사〉

(13) お仙が　榊の　背中に　灸を　すえた
　　動作主体　持ち主　動作対象　対象物　動作

(14) 榊が　お仙に　背中に　灸を　すえてもらう(すえられる)
　　持ち主　動作主体　動作対象　対象物　動作

위의 용례에서 소유주 수익태 구문도 타동사 구문에서의 동작주체 '先生が → 先生に', 'お仙が → お仙に'와 같이 'が'격에서 'に'격으로 격구조가 바뀌어 있다. 또한 동작대상(소유주)도 '学生の → 学生が', '榊の → 榊が'와 같이 소유주가 'の'격에서 'が'격으로 격이 바뀌는 '대립'의 관계에 있다. 소유주 수익태가 원래의 타동사구문과 격이 바뀌는 대립의 관계에 있다는 점에서 소유주 수동태와 같은 구조를 이루고 있음을 알 수가 있다.

그러나 소유주 수익태와 소유주 수동태의 관계도 동작을 화자가 어떻게 파악하고 있는가라고 하는 파악의 방법에 차이가 보여진다. 소유주 수동태는 화자가 동작주체의 동작에 의해 피해를 받았다고 파악하고 있음을 나타내고 있는 데에 대하여 소유주 수익태에서는 ガ격의 인물이 동작주체의 행위에 의하여 이익을 얻었다고 파악하고 있다고 하는 화자의 사태에 대한 파악 방법의 차이가 나타나 있다.

사역형 'てもらう' 구문

(15) ふじ子が 玄関へ 出る → 私が ふじ子に玄関へ出てもらう(出させる)

動作主体　動作　依頼主　動作主体　動作

(16) 辯護士が 書類の鑑定を する→ 彼が 辯護士に 書類の鑑定をしてもらう(鑑定をさせる)

動作主体　対象物　　動作　依頼主　動作主体　対象物　動作

위의 용례에서 제삼자의 수익태 구문은 원래의 동사구문과 수익

태구문의 사이에서 동작주체와 동작대상의 격이 바뀌는 '대립'의 구조가 아닌 원래의 동사문에 다른 사람이 등장인물로서 더해지는 구조, '파생'의 구조임을 알 수가 있다. 위의 용례에서 보면 'ふじ子が玄関へ出る', '弁護士が鑑定をする'라고 하는 원래의 동사구문에 없었던 다른 한사람이 'が'격으로 더해져, '私がふじ子に玄関へ出てもらう', '彼が弁護士に書類の鑑定をしてもらう'라고 하는 수익태 구문이 파생되어 있는 것이다.

원래의 동사구문에서의 파생이라고 하는 의미에서 원래의 동사문과 제삼자의 수익태와의 관계는 사역태 구문과 같은 구조, 'ふじ子が玄関へ出る－>私がふじ子に玄関へ出させる', '弁護士が書類の鑑定をする—>彼が弁護士に書類の鑑定をさせる'임을 알 수가 있다.

3. 모달리티 관점에서의 연구

야리모라이 구문에 있어서는 구문 중에 이익주체-이익행위를 하는 사람-와 이익대상-이익을 얻는 사람-이 존재하고 그 이익주체가 이익대상에게 이익행위를 한다고 하는 것은 모든 구문에 공통적인 현상이다. 이와 같이 야리모라이 구문에 있어서는 구문 중에 이익주체가 ガ격으로 표시되고 ヲ격이나 ニ격 또는 ノタメニ로 이익대상이 표시되어 이익주체가 이익대상에게 어떤 이익행위를 했다는 것이 모든 구문에 공통적으로 나타나게 된다. 이와 같은 구조에서 문의 내부구조에 이익주체와 이익대상이 존재하지 않지 않게 되면 야리모라이 구문의 구조가 변화되어 모달리티구조로 이행하게 된다.

‘てやる’에서 모달리티로의 이행

‘てやる’ 구문의 내부에 이익을 주는 이익주체가 존재하지 않거나 이익대상이 존재하지 않을 경우에는 행위의 주고 받음이 불가능하게 된다. 그와 같은 경우에는 화자가 자신의 의지를 나타내거나 화자가 청자에게 영향을 미치는 ‘働きかけの 모달리티’ 구조로 이행하게 된다.

의지를 나타내는 모달리티

(17) (見つけてやるぞ、待っているがいい)磯辺は心の中で、数えきれないほど呟いた同じ言葉をくりかえした。(河)

용례(17)에서는 화자인 ‘磯辺’가 ‘妻をみつける’라고 하는 자신의 행동에 대하여 자신의 의지를 강조하는 의미로서 ‘てやる’ 동사가 사용되고 있다. 위의 구문은 동작주체는 존재하나 이익대상이 존재하지 않는 구문으로 동작주체인 화자가 자신의 행동에 대하여 과시하거나 강조하는 의미로 사용되고 있는 구문이다.

의뢰의 모달리티

‘てやる’ 구문에서 모달리티 구조로 이행한 구문 중에는 화자가 청자에게 어떤 행동을 해 달라고 의뢰하는 구문이 있다. 의뢰의 모달리티구문으로는 ‘てやって’形과 ‘てやれ’형이 있다. ‘てやる’ 동사가 의뢰의 모달리티 형태로 쓰일 때에는 화자가 청자에게 구문에 언급된 화제의 인물에게 이익행위를 하도록 의뢰하거나 명령하는 의미가 된다.

(18) '駅長さん、弟は今出ておりませんの?'と葉子は雪の上を目捜しして、
'駅長さん、弟をよく見てやって、お願いです。'(雪国)

위의 용례(18)에서는 화자인 '葉子'가 청자인 '駅長'에게 화제의 인물인 '弟'를 잘 봐달라고 의뢰하고 있는 구문이다.

'てくれる' 동사와 'てもらう' 동사에서 모달리티 구조로의 移行

'てくれる' 동사의 야리모라이성도 이익주체와 이익대상, 이익행위라고 하는 세 가지 요소가 갖추어져 있을 때에 성립된다. 그 세 가지 요소 중 어느 하나가 결여되면 야리모라이성을 잃게 된다. 야리모라이성을 잃게 되면 화자가 어떤 일에 대한 평가나 희망 또는 청자에 대한 의뢰나 명령의 의미를 나타내는 모달리티구조로 이행되게 된다.

평가의 모달리티

'てくれる' 구문 중에는 동작주체는 존재하나 그 동작주체가 이익주체는 아니며, 동작대상도 존재하지 않는 구문이 있다. 그와 같은 구문에 있어서는 화자가 동작주체의 행동이나 존재, 감정 또는 자연현상 등에 대하여 평가하는 모달리티 구문이 된다. 평가의 모달리티 구문이란 'てくれる' 구문에만 존재하는 구문으로 시점(視点)을 달리하여 'てやる/てもらう' 구문으로 바꿀 수가 없다.

(19) 巨人、長島監督緒方にヒットは期待したが、よもや満塁ホームランとは。

普段、有り得ない珍しいことがよく起りますね。それに桑田がよく投げてくれた。(毎日新聞)

(20) 日本ハム広瀬フライトかと思ったけど、いい具合いに風が吹いてくれた。(毎日新聞)

위의 용례(19)에서는 '桑田'라고 하는 동작주체의 '投げる'라고 하는 동작에 대하여 화자인 '長島監督'이 '桑田'의 행위가 바라던 행동이라고 평가하고 있는 구문이다. 또한 용례(20)은 '風が吹く'라는 자연현상에 대하여 화자인 '広瀬'가 자신에게 이익이 되었다고 평가하는 구문이다.

희망의 모달리티

'てくれる' 구문 중에서 청자가 화자의 눈앞에 존재하지 않거나 또는 자연현상이거나 현실과 반대되는 경우에는 화자의 희망을 나타내는 희망의 모달리티 의미로 이행하게 된다. 희망의 모달리티를 나타내게 되는 경우에는 'てくれれば', 'てくれたら' 등의 조건표현의 형태를 취하는 경우가 많다.

(21) 俺としてはあんな妹など、北海道か、鹿児島か、できるだけ東京から遠いところに行ってくれれば有難い。(親爺)

(22) 私は自分の過去を顧みて、あの時両親が死なずにいて呉れたなら、少なくとも父か母か何方か、片方で好いから生きていて呉れたなら、私はあの鷹揚な気分を今迄持ち続ける事が出来たろうにと思います。(こころ)

위의 용례(21)에서는 화자인 '俺'가 '妹'의 존재에 대하여 어딘가로 사라져 주기를 바라는 희망을 나타내고 있다. 위의 용례(22)에서는 화자인 '私'가 현실적으로는 존재하지 않은 부모님의 존재에 대하여 살아 계시면 좋겠다는 자신의 희망을 나타내는 구문이다.

의뢰의 모달리티성

'~てくれる' 구문 중 ガ格의 동작주체로부터 ヲ格이나 ニ格, 'のために'로 표시되는 동작대상(이익대상)에 대해 이익행위를 한다고 하는 야리모라이 구문의 구조를 잃게 되고, 화자가 청자에게 영향을 미치는 구문으로 구조가 바뀌게 되면 청자에게 의뢰하는 모달리티 구조로 바뀌게 된다.

의뢰의 모달리티의 의미는 화자가 청자(2인칭)에게 의뢰하거나 명령하는 구문이므로 당연히 청자가 화자의 눈앞에 존재해야 하는 조건하에서 성립하는 구문이다.

야리모라이 구문의 구조 내에서는 'てくれる' 동사 구문과 'てもらう' 동사 구문은 다른 구조의 구문이었으나 의뢰의 모달리티 구조에서는 화자가 청자에게 의뢰하는 구문으로 이행되어 구문상의 차이를 나타내지 않게 된다.

(23) 私もそう思います。ただ、先生もごいっしょに行っていただけますか?(過去)

(24) ばあさんは、おもてに出て、人が来るのをまっていた。すると、むこうから、一人のさむらいがやってきた。

もし、もし、おさむらいさん、この手紙を読んでくれませんか。(漫談)

지금까지의 야리모라이 연구가 화자의 시점성에 한정되어 연구되어 왔다고 한다면 본 연구에서는 야리모라이 연구를 선행동사의 분류를 통하여 구문적인 측면에서 야리모라이 구문을 체계화하였다. 또한 본 연구를 통하여 야리모라이 구문을 보이스적인 관점과 모달리티적인 측면으로 고찰하여 야리모라이 연구의 확장성을 엿볼 수가 있었다.

11. '良くなくない?' 좋다는 말? 나쁘다는 말?

【문창학】

다음은 일본의 여고생들이 쇼핑하는 중에 한 친구가 새로 출시된 화장품을 다른 친구에게 보여주면서 하는 대화이다.

(1) A：これって、良くなくない?　(이것 좋지 않지 않아?)

B：うん、そうだね!　(응, 그렇네!)

이 여고생들의 대화를 옆에서 듣고 있던 한 일본 중년 남자가「良くなくない?」라는 말이 '좋다는 것인지 아니면 나쁘다는 것인지' 알 수 없어 고개를 갸우뚱했다는 이야기가 있다.

그리고 일본 모 가수의 노래 가사 중에 '조금 나이가 어린 여자친구를 사귀고 있는데 대화가 잘 안 통해 힘들다'면서, 그 예로서 다음과 같이 그 여자친구가 자주 사용하는「良くなくない?」라는 표현이 무슨 말인지 이해하기 힘들다고 하는 구절이 있기도 하다.

(2) 良くなくない? 良くなくなくない? 良くなくなくなく…ない? つまりどっちだよ!

좋지 않지 않아? 좋지 않지 않지 않아? 좋지 않지 않지 않지… 않아? 즉 어느 쪽이야!

이러한 표현은 일본의 젊은 세대들이 많이 사용하는 애매모호한 어법으로 소개되는 경우가 많다. 그렇다면 이러한 표현들은 왜 이렇게 애매한 것일까?

이들 표현은 '부정'과 '의문'이 함께 어우러진 일종의 '부정의문문'이라고 할 수 있다. 이들 표현을 이해하기 위해서 먼저 '의문'에 대해서 살펴보기로 한다.

'의문'은 기본적으로 다음과 같이 2가지 의미적 특징을 가지고 있다.

(3) a. 화자에게 뭔가 정보가 부족하여 그 정보를 채우려고 한다.

b. 화자는 그 정보를 청자에게 물어서 채우려고 한다.

일반적인 의문문이라고 하면 위의 두 가지의 의미적 특징을 다 충족시킨다. 일반적인 의문문에는 다음과 같은 종류가 있다.

(4) 昨日学校へ行った? (어제 학교에 갔니?)

(5) コーヒーにする、それとも紅茶にする? (커피로 할래 아니면 홍차로 할래?)

(6) 昨日どこへ行った? (어제 어디에 갔니?)

(4)에서 '학교에 갔는지, 안 갔는지?'와 같이 해당 정보의 진위(真偽)를 몰라 이를 청자에게 묻는 의문문을 '진위의문문'(真偽疑問文 · Yes-No 疑問文)이라고 한다.

그리고 (5)에서 '커피로 할 것인지, 아니면 홍차로 할 것인지?'와 같이 해당 정보가 복수의 가능성이 있어 어느 쪽이 맞는지 몰라 이를 청자에게 묻는 의문문을 '선택의문문'(選択疑問文)이라고 한다.

마지막으로 (6)에서 '어제 어디인가에 간 것은 아는데 거기가 어디냐?'와 같이 해당 정보의 일부 내용을 몰라 이를 청자에게 묻는 의문문을 '보충의문문'(補充疑問文 · WH疑問文)이라고 한다.

하지만 의문문 중에는 (3)a와 b의 의미적 특징 중 어느 한쪽만을 충족시키는 경우가 있다. 먼저 (3)a의 의미적 특징만을 충족시키는 경우로서 즉 다음과 같이 '화자에게 해당 정보에 대해서 모르기는 하나 그 정보를 청자에게 묻지는 않는' 의문문이 있다.

(7) 佐藤は来るかな。 (사토는 올까?)

(8) 彼も参加するだろうか (그도 참가할까?)

(7)에서는 '사토가 올까 안 올까?'와 같이 그리고 (8)에서는 '그도 참가할까 안 할까'와 같이 해당 정보를 모르기는 하나, 이에 대해서 청자에게 묻지 않고 혼자 생각하는 의미를 나타낸다. 이러한 의문문을 '의심문'(疑いの文)이라고 한다.

다음으로 (3)b의 의미적 특징만을 충족시키는 경우로서 즉 다음과 같이 '화자가 모르는 것이 아니라 어느 정도의 정보는 가지고는 있으나 불확실하여, 이를 청자에게 물어서 보다 확실한 정보로 만들려고 하는' 의문문이 있다.

(9) 君もこのラーメン、食べた(ね/だろう/よね)? (너도 이 라면 먹었지?)

(10) 雪が降っていないか? (눈이 오지 않아?)

(9)에서는 '너도 이 라면 먹었지?' 그리고 (10)에서는 '눈이 오지 않아?'와 같이 화자가 해당 정보를 가지고는 있으나 불확실하여, 이를 청자에게 물어서 보다 확실한 정보를 얻으려고 하고 있다. 이러한 의문문을 '확인요구문'(確認要求文)이라고 한다. 이러한 확인요구문에는 (9)의 ね, だろう, よね와 같이 종조사(상당어)를 포함한 유형과 (10)과 같이 부정형식 'ない'를 포함한 유형으로 나눌 수 있다. 특히 후자의 경우를 '부정의문문'이라고도 한다.

여기에서 '종조사(상당어)를 포함한 확인요구문'과 '부정형식을 포함한 확인요구문'에 대해서 그 뉘앙스의 차이에 주목하여 조금 더 살펴보기로 하자.

먼저 '종조사(상당어)를 포함한 확인요구문'을 보면 다음과 같다.(??는 '문맥상 부자연스러움'을 나타냄)

(11) 乗客：東京まで一枚ください。 (도쿄까지 한 장 주세요.)

車掌：東京(ですね/??でしょう) (도쿄지요?)

乗客：横浜まで何分かかりますか。(요코하마까지 몇 분 걸립니까?)

車掌：え?お客さん、東京(??ですね/でしょう)。(어? 손님, 도쿄 아니에요?)

(11)에서 첫 번째 차장의 발화와 두 번째 차장의 발화는 모두 상대 승객의 말을 듣고 확인을 하는 확인요구문이지만, 첫 번째 차장의 발화에서는 ね가 자연스럽고, 두 번째 차장의 발화에서는 でしょう가 자연스럽다. 첫 번째 차장의 발화는 승객의 '도쿄까지'라는 발화를 듣고 그 내용을 그대로 확인하는 경우로서 화자가 확인하고자 하는 내용과 청자가 가지고 있는 내용이 다르지 않을 것이라는 전제하에서 확인을 하는 문맥이다.

반면에 두 번째 차장의 발화는 승객이 앞에서는 '도쿄까지'라고 말했음에도 뒤에서 '요코하마까지의 시간'을 묻고 있는 상황에서 해당 내용을 확인하는 경우로서 화자가 확인하고자 하는 내용이 청자가 가지고 있는 내용과 다를 수 있다는 전제하에서 확인을 하고 있다. 이러한 현상으로부터 확인을 요구하는 내용이 화자와 청자 사이에 다르지 않음을 전제로 하는 경우에는 ね의 사용이 자연스러우나, 다를 수 있음을 전제로 하는 경우에는 だろう의 사용이 자연스럽다고 할 수 있을 것이다. 단 だろう 확인요구는 상대에게 강요하는 혹은 따지는 인상을 줄 수 있으므로 사용에 주의가 필요하다.

(12) 君、あの学校の学生です(ね/よね)。

그리고 (12)에서 '너 저 학교 학생이지?'라고 확인을 요구하는 문에서 ね와 よね가 사용되어 있다. よね 확인요구도 ね 확인요구와 마찬가지로 기본적으로 화자와 청자 사이에 가지고 있는 정보가 다르지 않음을 전제로 하는 뉘앙스를 가지나, ね의 경우에는 화자가 개인적으로 느끼고 생각하는 내용에 대해서 확인하는 경우가 많은 반면, よね의 경우에는 많은 사람들이 느끼고 생각하는 일반적인 내용에 대해서 확인하는 경우가 많다.

다음으로 '부정형식을 포함한 확인요구문'에 대해서 보면 다음과 같다.

(4) 昨日学校へ行った？ (어제 학교에 갔니?)

(13) 約束をやぶるなんて、ひどいと思わない?

(13)에서 술어의 부정활용형을 사용하여 '심하다고 생각하지 않아?' 하고 청자에게 확인을 요구하고 있다. 위의 (4)와 같이 일반적인 진위의문문에서는 긍정적인 내용('어제 학교에 갔다')과 부정적인 내용('어제 학교에 가지 않았다') 중에서 화자의 기대가 어느 한쪽에 치우치지 않고 중립적인 입장에서 질문을 하고 있다. 그러나 (13)과 같이 술어의 부정활용형의 의문문 형태의 확인요구문에서는 부정적인 내용('심하다고 생각하지 않을 것이다')보다는 긍정적인 내용('심하다고 생각할 것이다')의 성립을 기대하면서 확인을 요구하는 의미를 가진다.

지금까지 살펴본 내용을 바탕으로 위에서 문제시되었던 「良くなく

ない?」라는 표현을 이해하자면 다음과 같다.

「良くなくない?」는 (13)과 같이 술어의 부정활용형의 의문문 형태의 확인요구문에 해당한다고 할 수 있다. 단 그 부정이 '良い+ない+ない'와 같이 2회 반복된 부정의문문이다. 즉 '良くない'는 '悪い'이므로 「良くなくない?」(좋지 않지 않아?)는 「悪くない?」(나쁘지 않아?)로 바꿔 이해하면 될 것이다. 즉 위에서 확인한 바와 같이 긍정적인 내용('悪い')의 성립을 기대하면서(즉 '나쁠 것이다'라고 기대하면서) 확인을 요구하는 의미로 해석하면 될 것 같으나 정말 그러한 의미인지는 역시 애매하다. 이렇게 애매한 이유는 부정의 의미에서 찾아야 할 것 같다.

긍정과 부정의 대립이 나타내는 의미는 다음과 같이 두 가지의 경우가 있다. 긍정과 부정의 대립이 (14)와 같이 '반의어' 대립과 비슷한 절대적인 대립의 의미를 나타내는 경우와 (15)와 같이 '정도성'에 의한 상대적 대립의 의미를 나타내는 경우가 있다. 특히 긍정과 부정의 대립이 상대적인 대립의 의미를 나타내는 경우에는 그 부정의 의미가 (16)과 같이 정도성의 양극이 아닌 그 사이의 제3의 의미를 나타낸다고 할 수 있을 것이다.

(14) 男だ ↔ 男ではない(=女だ)

[남자다 ↔ 남자가 아니다(=여자다)]

(15) 高い ↔ 高くない(≠安い)

[비싸다 ↔ 비싸지 않다(=싸다)]

(16) このかばんは高くない。でも安くない。

(이 가방은 비싸지 않다. 하지만 싸지도 않다.)

이러한 긍정과 부정 대립의 의미를「良くなくない?」에 적용하자면, '良い'와 '悪い'는 정도성을 나타내는 단어로서 '良くない≠悪い'이므로 '良くなくない≠悪くない'가 될 것이다. 이러한 '良くなくない'이라는 표현을 굳이 해석하자면 '좋지도 나쁘지도 않고 그리고 그 사이도 아니다'라는 이해불가한 이상한 의미가 되어 버린다. 이러한 표현을 부정의문문으로 하였으니 그 의미가 '좋다는 말인지 나쁘다는 말인지' 이해하기 힘든 것은 어찌보면 당연한 일이었던 것이다.

이러한 표현들은 일본의 젊은 세대들이 일종의 말장난(言葉遊び)식으로 많이 사용하고 있지만 이러한 표현은 위에서 확인한 바와 같이 의미불명의 표현이므로 가급적 사용을 피하는 것이 좋을 것이다.

12. "너에게 감기 걸림을 당하면 내가 곤란해"

특수한 일본어 수동문에 대하여

【김봉정】

2017년에 개봉한 일본 애니매이션 「聲の形」(목소리의 형태, 야마다 나오코 감독, 2016)에서, 여자 주인공(니시미야)의 동생이 비를 맞고 있을 때, 남자 주인공이 동생에게 우산을 건네며 말한다.

> "너에게 감기 걸림을 당하면 니시미야한테 미안하기도 하고."
>
> 「お前に風邪(を)引かれたら西宮に悪いし。」

이는 "네가 감기에 걸리면 내가 곤란하니" 우산을 받도록 전달하는 장면이다. 한국어 자막은 "네가 감기 걸리면 니시미야한테 미안하거든"으로 되어 있는 경우가 많지만, 실제 일본어는 "(내가:남자주인공) 너에게 감기 걸림을 당하다"는 수동문으로 표현되어 있다.

같은 작품에서의 또 다른 대사로 「会われた。」가 있다. 이것은 한국어로는 '만나버렸네'라고 해석할 수밖에 없는 수동문으로, 여주인공(니시미야)과 남주인공의 재회를 지켜보며 여주인공의 동생이 하는 혼잣말이다.

대사에서는 생략되어 있는 문장 성분을 보충하자면, 실제로는「男の人が姉に会う」(남주인공이 나의 언니를 만나다)는 일이 일어났고, 이 일에는 전혀 등장하지 않는 '나'(여주인공의 동생)를 주어로 한 수동문인「私は男の人に姉に会われる。」으로 표현한 것이다.

이렇게 만들어진 수동문에서 주어(私), 동작 주체(男の人), '만나다'는 행위의 상대(姉)를 나타내는 격 항목이 모두 생략된 채, 술어 동사 '会われる'만 남아, 대사로 표현되었다고 볼 수 있다.

일본어에도「二人が会ってしまった。」(둘이 만나 버렸다)와 같이 한국어 해석에 대응하는 표현이 있지만, 위와 같은 복잡한 과정을 거친 언어 표현이 사용되고 있다는 것이 일본어 수동문 사용의 특징 중 하나인 것이다.

「お前に風邪(を)引かれたら西宮に悪いし。」와「会われた。」는 이처럼 한국어 직역은 불가능한 수동문으로,「君が風邪を引く」,「姉と男の人が会う」라는 일로 인해 수동문의 주어(나)가 간접적으로 피해를 입었다는 것이 전달되는 특수한 유형이다.

실제 일어난 일에는 직접적으로 관여하지 않은 '나'가 새롭게 등장하여, 간접적으로 피해를 입었다는 것을 적극적으로 표현하는 언어 형식이 존재한다는 것은 다른 언어에서는 보기 힘든 일본어의 특징으로, 학습자들이 특히 어려움을 느끼는 수동문 타입으로 자주 언급된다.

약 130분의 애니메이션 속에서 이러한 수동문이 등장하는 것에서,

한국인의 경우 '특수하다'고 느낄 수 있는 타입이 실제 일상생활에서도 여러 장면에서 이용될 수 있다는 것을 유추할 수 있으리라 생각된다.

술어 동사의 활용으로 'V-(a)reru'라는 수동의 표식이 붙어, 표현 자체는 길고 복잡해졌으나, 본인의 감정을 부연 설명하지 않더라도, "해당 사건은 나에게 있어 좋지 않은 일이며, 이로 인해 간접적으로 피해를 느꼈다"는 뉘앙스를 전달하게 되었다는 점에서 경제적인 표현이라고도 볼 수 있을 것이다.

위에서 언급한 타입 외에도, 동작 주체가 '나'와 라이벌 관계인 경우, 실제로 일어난 일에 등장하지 않는 '나'를 주어로 한 수동문 또한 존재한다.

예를 들어, 「A氏はB氏に(得点数で)差を広げられる。」(졸고2020:4 イ의 변형) 는 일본 신문 보도문에 쓰인 문장으로, 'B씨가 득점수에서 A씨와의 차를 넓힌' 일이 일어났고, 이를 A씨 입장(동작 주체인 B씨와 라이벌 관계)에서 서술하고 있는 것이다. 한국어로는 'A씨와 B씨의 득점수에 차가 벌어지다'와 같이 수동이 아닌 문장으로 표현될 수 있을 것이다.

이 외에도 내가 이루고 싶은 것, 갖고 싶은 것을 먼저 가진 상대방이 있고, 이를 라이벌로 여겨, 「A党が下院の多数派をB党に奪われる。」(졸고2020:4 ア의 변형)와 같은 문장으로, 'B당이 하원 다수파를 얻는' 일이 표현되기도 하고, 라이벌이 선취점을 따냈을 때, 「先取点を取られる」와 같은 수동 표현이 등장하기도 한다.〔(堀口和吉, 1983, 1990) 등의

'競合の受身'와 같은 타입〕

그렇다면 일본어에서는 어떤 일까지 수동의 형태로 표현하는 것일까. 은혜를 나타내는 수수 표현의 하나인 '~てもらう'가 장면에 따라서는 「明日は7時までに来てもらいます」와 같이, '은혜'라는 의미는 옅어지고, 명령에 가까운 역할을 갖게 된 것과 같은 변화가 수동문에도 일어날 것인가. 궁금하지 않을 수 없다.

13. 잘 생각한 위에 답변 드리겠습니다?

【방윤형】

한국어와 일본어에 공간표현이라는 것이 있다. 이들 공간표현은 공간을 나타내는 형식명사를 사용해 나타내게 된다. 한국어에 '위, 아래, 앞, 뒤, 안(속), 옆(곁)'과 같은 공간표현이 있는 것처럼, 일본어에는 'うえ, した, まえ, うしろ・あと, なか・うち・あいだ, よこ・となり・そば'와 같은 공간표현이 있다.

한국어와 일본어의 공간표현을 살펴봤을 때, 재미있는 점은 먼저 한국어에 있어 하나의 공간표현에 대응하는 일본어가 여러 개 있을 경우이다. 예를 들어, 한국어의 '뒤'에 해당하는 일본어는 'うしろ'와 'あと'의 2개가 있고, 한국어의 '안'(속)에 해당하는 일본어는 'なか', 'うち', 'あいだ'의 3개가 있으며, 한국어의 '옆'(곁)에 해당하는 일본어는 'よこ', 'となり', 'そば'의 3개가 있다.

그리고 그 다음으로는 한국어와 달리 일본어의 공간표현은 공간 이외의 다른 의미와 기능으로 문법화(Grammaticalization)하기도 한다는 점이다. 아래에서는 먼저 'うえ'와 '위'에 대하여 이야기를 전개하기로 하겠다.

다음의 일본어와 한국어의 예를 살펴보자.

- 机の上に新聞がある。
- 책상 위에 신문이 있다.

위의 예문은 공간적 위치관계를 나타내는 일본어의 'うえ'와 한국어의 '위'의 예시로써 서로 대응하고 있다고 말할 수 있다. 그러나 다음의 예문은 어떨까?

- 意味の上で対応する。
- 의미의 면에서 대응한다.

위의 예문의 일본어의 「意味の上で対応する」를 한국어를 '의미의 위에서 대응한다'라고는 말할 수 없으며 굳이 말하려면 '이론상, 법률상'처럼 '의미상'과 같이 한어로 나타내야 한다. 한국어에서는 공간표현으로 대응하지 않지만, 일본어는 'うえで'를 사용하여 공간적 위치관계를 나타냈던 'うえ'가 'うえで'의 형태로 '측면, 기준, 관점'을 나타낸다.

다음의 예를 살펴보자.

- よく考えたうえでお返事します。
- 잘 생각한 후에(다음에) 답변 드리겠습니다.

위 예문에서 일본어는 공간적 위치관계를 나타냈던 'うえ'가 'うえで'의 형태로 사용되고 있으며, 이 경우 'うえで'는 시간적 '전제조건'의 의미를 나타내고 있다. 그러나 한국어는 '잘 생각한 위에'라고 말할 수 없으며 '잘 생각한 후에'(다음에)라고 써야 한다. 즉, 한국어의 공간표현에는 대응하는 것이 없다.

계속해서 다음의 예를 살펴보자.

- あの店はおいしいうえに安い。
- 그 가게는 맛있는 데다가 싸다.

위 예문에서 일본어는 공간적 위치관계를 나타냈던 'うえ'가 'うえに'의 형태로 사용되고 있으며, 이 경우의 'うえに'는 '부가, 첨가'를 나타낸다. 그러나 한국어는 '맛있는 위에'라고 말할 수 없으며 '맛있는 데다가'와 같은 다른 표현을 써서 나타내야 한다. 즉, 한국어의 공간표현에는 대응하는 것이 없다.

이렇게 네 가지의 예문을 살펴봤는데, 일본어의 'うえ'는 공간 이외의 다른 의미와 기능으로 발달하는 문법화가 일어나지만, 한국어의 '위'는 공간 이외의 다른 의미와 기능으로 문법화하는 경우가 일본어만큼은 일어나지 않는다고 말할 수 있을 것이다.

이 사실로부터 기본적으로 공간적 위치관계에서는 한일어가 서로 대응관계에 있지만, 공간 이외의 의미와 기능으로 발전하는 문법화의 양상은 서로 다르다는 것을 알 수 있다.

다음으로 'うち'와 '안'(속)에 대하여 이야기를 전개하기로 한다. 다음의 일본어와 한국어의 예를 살펴보자.

• 自分の内で言葉を探した。

• 자신 안에서 말을 찾았다.

위의 예문에서 일본어의 'うち'는 한국어의 '안'(속)에 대응하고 있다. 이들은 기본적으로 공간적 위치관계를 나타내고 있다. 그럼 다음은 어떤가?

• 夜のうちに炊飯器が御飯を炊く。

• 밤 동안에 밥솥이 밥을 짓다.

위 예문에서 일본어는 공간적 위치관계를 나타냈던 'うち'가 'うちに'의 형태로 사용되고 있으며, 이 경우의 'うちに'는 '시간'을 나타낸다. 그러나 한국어는 '밤 안(속)에'라고 말할 수 없으며 '밤 동안에'라고 다른 표현을 써야 한다.

계속해서 다음 예문을 살펴보자.

• 百人のうち99人がそう思った。

• 백 명 중에 99명이 그렇게 생각했다.

위 예문에서 일본어는 공간적 위치관계를 나타냈던 ‘うち’가 ‘うち’라는 제로격의 형태로 사용되고 있으며, 이 경우의 ‘うち’는 ‘범위’를 나타낸다. 그러나 한국어는 ‘백 명 중에’ 또는 ‘백 명 가운데’라고는 말할 수 있지만 ‘백 명 안에’ 또는 ‘백 명 속에’라고는 말할 수 없다.

이렇게 세 가지의 예문을 살펴봤는데, 일본어의 ‘うち’는 공간 이외의 다른 의미와 기능으로 발달하는 문법화가 일어나지만, 한국어의 ‘안(속)’은 공간 이외의 다른 의미와 기능으로 문법화하는 경우가 일본어만큼은 일어나지 않는다고 말할 수 있을 것이다.

이 사실로부터 앞에서 살펴본 일본어의 ‘うえ’와 한국어의 ‘위’와 마찬가지로, 기본적으로 공간적 위치관계에서는 한일어가 서로 대응관계에 있지만 공간 이외의 의미와 기능으로 발전하는 문법화의 양상은 서로 다르다는 것을 알 수 있다.

여기까지에서 본장에서는 일본어의 ‘うえ’와 한국어의 ‘위’, 그리고 일본어의 ‘うち’와 한국어의 ‘안’(속)의 예를 살펴봤는데, 이 사실로부터 기본적으로 공간적 위치관계에서는 한일어가 서로 대응관계에 있지만 공간 이외의 의미와 기능으로 발전하는 문법화의 양상은 서로 다르다는 것을 구체적인 예를 통하여 알 수 있었다. 이렇듯 한일어의 공간표현은 서로 비슷한 점도 있고 다른 점도 있어서 양 언어의 공간표현을 자세히 살펴보면 재미를 느낄 수 있을 것이다.

14. 사람을 가리키는 일본어의 「の」가 오용을 불러온다?

【남미영】

통상적으로 각 나라 간 문화적인 행동방식의 차이에서 오해는 존재하기 마련인데, 어휘를 통한 오해의 소지도 이에 해당된다. 사전적인 정의나 신조어 및 은어로 인한 소통의 오해는 어의를 제대로 인식하면 오용의 소지를 막을 수 있는데, 자국어의 통어적인 방해로 인해 오용이 초래된다면 어휘의 어의를 인식하는 것으로는 끝나지 않는다.

가령,

? '이게 내 아내예요.'

: これが私の妻です。

? '책을 읽고 있는 건 여동생이예요.'

: 本を読んでいるのは妹です。

? '저건 누구예요?'(액자 속의 인물을 가리키며)

: あれは誰ですか。

라고 한다면 사람을 사물에 빗대어 표현한다고 해서 불쾌감을 느끼는 사람들이 많을 것은 분명하다. 한국어에 있어서 기본적으로 사물을 지시하는 형식명사를 사람을 가리키는데 쓰였다면 이는 불쾌감을 유발할 의도인 것이 분명하기 때문이다.

만약 외국인이 이런 표현을 사용한다면 '것'이라는 형식명사를 '사람'으로 바꿔야 한다는 조언을 아끼지 않을 것이다. 전자는 의도적인 불쾌감 유발이고 후자는 오용으로 인한 실수인 것이다.

명사가 가지고 있는 실질적인 의미가 퇴색하여 문법적 기능만이 남아 있는 것을 형식명사라 한다. 사물과 사람의 지시 구분은 아직도 존재하지만 둘을 동시에 지시하는 형식명사도 있다. 일본어 연구에 있어서 형식명사의 연구는 어휘론 중심의 연구를 제외하고는 주로 복문이 고찰의 대상 범위가 되었다.

형식명사는 일본어에서는 주로 문법적 기능이 강조된 조동사나 자립성의 부재로 인하여 절을 수식받아 명사화시키는 기능을 중심으로 연구되어 왔다. 그중에서도 형식명사 'の'는 조동사는 물론, 특히 절을 명사화시키는 기능을 중심으로 활발히 연구되고 있다.

그런데 사물을 가리키는 형식명사가 한국어에 있어서는 무생물을 가리키는 드라이한 표현으로 간주되는데 비해 일본어의 'の'는 사물 및 사람을 가리키는 경우도 있어 오해의 소지가 있다.

그런데 모든 경우에 'の'가 사람을 가리킬 수 있는 것이 아니라 사물을 가리키는 것이 주된 기능이라면 어떤 조건과 특정 구문에서 사람을 가리키게 되는지 살펴볼 필요가 있다.

절이 명사를 수식하는 구문에서 그 명사가 형식명사인 경우에 있어서의 특징과 더불어 그 형식명사를 'の'로 한정하여 연체수식 구문에서 주명사로 기능하는 구문적인 특징이 있다는 것은 주지한 바이다.

'の'가 사물을 가리키는 주명사로 기능하는 구문에 있어서는 주절술어에 제약을 볼 수 없었는데, 'の'가 사람을 가리키는 주명사로 기능하는 경우에는 주절술어가 명사술어에 한정된다는 사실을 알 수 있었다. 이 사실을 인지한 후, 다음에 사람을 가리키는 주명사 'の'를 포함하는 복문의 통어적인 특징에 대해 몇 가지로 유형화한다 .

우선 의문을 나타내는 구문과 호응하는 'の'의 경우 사람을 가리키는 주명사 'の'는 명사주절술어 중에서 의문절과 호응하는 구문이 두드러진다.

会社がなくなって困るのは誰です？

説明責任があるのは疑われた人ですか？

市民税の申告が必要なのは、どんな人ですか。

応募できるのはどんな人ですか？

僕だけでしょうか？ ゾっとしているのは

보통 사람을 가리키는 주명사 'の'가 기능하는 연체수식절을 포괄하는 주절술어가 명사술어문이 될 경우에는 특정화된 명사가 주절술어로 오게 된다. 의문형식의 명사주절술어에서 '人'을 가리키는 명사가 이것을 받고 있다. 이렇듯 사람을 가리키는 'の'이지만 특정화된 어휘적인

장치의 부재로 인하여 명사주절술어 그 역할을 담당하는데, 특정한 명사가 오지 않는 경우에 되묻는 형식을 취한다고 생각하면 된다.

사람을 가리키는 주명사 'の'가 형식명사이기에 특정화시키기 어려운 부분을 명사주절술어가 특정화시키는 기능이 있다는 것은 지시사 명사술어와 고유명사 주절술어에 호응하는 구문에서 더욱 분명해진다.

지시사 명사술어와 호응하는 'の'를 우선 살펴보기로 하자. 사람을 가리키는 'の'가 주명사의 위치에서 기능하는 경우, 통상적으로 막연한 사람을 가리키는 것이 아니라는 것을 명사주절술어가 특정화하는데, 여기서 명사주절술어 앞에 놓이는 지시사가 그 특정성을 부각시켜 주는 역할을 한다.

あなたが結婚するのはこの人です

答えているのはこんな人たちです

개인이나 집단을 특정화하는 의도로 지시사가 기능하여 사람을 가리키는 주명사 'の'가 명사주절술어에 同定(identify)한다.

이어서 대명사 및 친족명 술어와 호응하는 'の' 구문을 들 수 있는데, 지시사로 수식을 받는 명사주절술어와 같이 대명사나 친족명이 주절술어가 되는 이와 같은 경우는 사람을 가리키는 'の'가 대명사에 同定되어 특정지시의 기능을 한다.

ニッポンをまわすのは、あなたです

セルフ給油の安全を守るのはあなた自身です

祭りの最中に、夢中に踊っていたのは世界中の自分ひとりだった

色鉛筆を取って来いと云ったのは兄さんだよ

みやぎの地域医療「再構築」支えるのは、あなたです

다음으로 특정화되는 지시에서 가장 명징성을 나타내는 구문은 고유명사와 호응하는 사람을 가리키는 'の'이다.

郵便局の学資保険とかかけて用意してくれたのは信治なんです

視線の先にいたのはトヨタ自動車スケート部監督の寺尾悟だった

こう語るのは管理人を勤める佐野明である

고유명사가 명사주절술어로 와서 사람을 가리키는 주명사 'の'에 同定하는 것은 상기의 지시사가 연접된 보통명사 주절술어나 대명사 주절술어보다 특정화의 정도가 보다 구체적이고 명시적이다.

따라서 상기의 내용을 다음과 같이 정리해 보겠다. 사람을 가리키는 주명사 'の'는 명사주절술어와 호응한다. 그리고 이러한 이유로 'の'는 후접하는 조사가 'が, は'에 한정된다. 그리고 사람을 가리키는 주명사 'の'는 명사주절술어 중에서 다음과 같은 네 가지 유형의 구문과 가장 밀접하게 호응관계가 성립된다.

① 의문 형식의 명사주절술어

② 지시사가 전접하는 명사주절술어

③ 대명사주절술어

④ 고유명사주절술어

여기에서 ①에서 ④의 구문이 사람을 가리키는 주명사 ‘の’에 호응하는 결과가 나온 것은 사람을 가리키지만 형식명사에서 구체성을 띠지 못하기 때문에 특정화시키는 구문을 필요로 하기 때문이다.

명사구를 받는 ‘の’는 명사구와 동격을 이루는 명사절과 명사구가 주명사를 수식하는 연체수식절로 나뉜다. 구문적인 차이로 분열문과 유사분열문이라는 구분 방법도 있으나 일본어 중심의 문장에서는 유사분열문 중심으로 연체수식절의 연장선으로 보는 것이 타당하다고 보기에 본 연구에서는 ‘の’가 주명사로 기능하는 연체수식절을 중심으로 살펴보았다.

일본어 형식명사에 있어서 주명사로 기능하는 ‘の’는 사물만을 가리키는 것이 아니라 사람을 가리키는 것이 특징이다. 사물을 가리키는 주명사 ‘の’는 후접하는 조사와 주절술어에 비교적 자유롭지만 사람을 가리키는 주명사 ‘の’는 명사주절술어에 한정되는 관계로 후접하는 조사가 ‘が, は’에 국한된다.

그리고 사람을 가리키는 주명사 ‘の’에 호응하는 주절술어가 명사에 한정되어 있지만 여기에서도 명사주절술어가 되는 조건은 해당하는 명사가 구체성을 띠어야 한다는 것이다.

그런데 구체적인 명사가 주절술어에 오지 않을 경우에는 의문 형

식으로 호응을 하는 등으로 해서, 지시사로 특정화시키는 명사주절술어, 대명사 주절술어, 고유명사 주절술어 등으로 주명사 'の'를 구체적으로 보완 또는 특정화시키고 있다.

한국어가 사물을 가리키는 형식명사가 사람을 동시에 가리킬 수 없는데 반하여 일본어의 형식명사 중에서 사물과 사람을 가리키는 'の'의 구문적인 특징이 명사주절술어에 한정되어 조사의 제한을 비롯하여 'の'가 가리키는 사람을 특정화시킨다는 사실로 마무리한다.

15. 욕설(辱說)에 서투른 문명한 일본인들?

【이동철】

미국의 동물학자 에드워드 모스(Edward Sylvester Morse, 1838~1925)는『일본의 그 날 그 날』(1941)이란 저서에서 다음과 같이 서술했다.

"기차 시간을 놓치지 않기 위해 급히 달리는 바람에 도중에서 내가 탄 인력거의 바퀴가 앞에서 달리던 인력거의 바퀴 축에 부딪쳤다. 그런데 차부들은 상호 간의 충돌을 서로 미소로 사과하고 다시 달렸다. 나는 즉각 이들의 행동과 우리나라에서 이런 충돌이 일어났을 때 틀림없이 튀겨 나오는 온갖 욕설과 비교해 보았다. 그 후에도 수차 인력거를 타면서 나는 차부들이 거리에 나다니는 고양이와 강아지, 닭들을 유심히 피해 달린다는 것을 알아차렸다. 또한 동물에 대해서도 화를 내거나 학대하는 것을 본 일이 없다."

독일의 유명한 건축가인 브루노 타우트(Bruno Julius Florian Taut, 1880~1938)도 1933년부터 일본에서 3년간 체재하면서 "나는 이 여행을 통하여 자동차 운전수가 어떤 가혹한 상황에 임하여도 나쁜 말을 한 마디 하는 것도 들어본 적이 없다. 이러한 경우 일본인은 욕설 대신으로 웃음으로 매듭을 짓는다. 일본인은 자기가 고통스럽다고 해서 어린이거나 동물을 학대하거나 하지 않는다. 어떠한 일이 있어도 꾹 참고 불쾌한 심정을 표면에 나타내지 않는다."며 그의 저서 『일본미의 재발견』에서 밝힌 바 있다.

지금부터 약 200년 가까운 먼 옛날의 미국과 유럽의 지식인 2명이 남긴 기록이다. 이 두 사람의 기록을 통하여 당시 일본인들, 그것도 사회적으로 최하위 계급으로 간주되는 인력거 차부나 자동차 운전수들까지도 '어떤 가혹한 상황에 임하여도' 상대방에게 욕설을 퍼붓거나 동물을 학대하지 않고 얼굴에 불쾌한 표정을 나타내지도 않았다는 것을 알 수 있다. 아마도 이 미국인과 독일인의 눈에는 이러한 일본인들의 거동이 매우 기이하고 문명하게 보인 듯하다.

일본인들의 이러한 전통적인 미덕은 현대 사회에서도 그대로 남아 있기 때문에 일본에서는 공중 장소에서 서로 큰소리로 싸우거나 하는 일들은 거의 찾아볼 수 없고, 붐비는 전차나 버스 안에서도 발을 밟히거나 하면 밟힌 사람이 오히려 미안하다고 말하는 것을 볼 수 있다. 이러한 일본인들의 행동을 과연 어떻게 '문명'이라는 한마디 말로 해석할 수 있을까?

욕설은 영어로 'swear word, curse, (informal) cuss word, insult, abuse, abusive[foul, profane] language, (formal) profanity, [동사] swear (at) …' 등 여러 가지로 번역되는데, 이는 그만큼 영어권에서 욕설이 사회적으로 폭 널리 사용되고 있다는 반

증이기도 하다.

한편, 일본어에서는 욕설을 노노시리고토바(罵り言葉)라고 하는데 '罵り'는 동사 '罵る'(욕하다, 매도하다)의 명사 형태이고 '言葉'는 말이나 언어를 가리킨다. 또한 상대방이나 제3자에 대한 욕을 '와루구치'(悪口・ワルグチ, ワルクチ)라고도 하는데 이 말은 욕설이라고 하기 보다는 '나쁜 말'에 더 가까울 듯싶다. 하지만 일본어는 중국어나 한국어, 그리고 유럽 제어와는 달리 이상할 정도로 욕설표현이 적은 언어로 유명하며, 따라서 욕설이 결핍한 것은 일본어의 큰 특징의 하나로도 되고 있다.

'네 어미와 붙을 놈', '제미랄'이란 뜻을 나타내는 중국 광동 방언

일본어에는 사람을 욕하는 말로 '칙쇼'(畜生,チクショウ:축생, 짐승), '바까'(馬鹿,バカ:바보, 천치, 멍청이. 주로 관동지역에서 쓰임), '아호'(阿呆,アホウ:바보, 천치, 멍청이. 주로 칸사이 지역에서 쓰임), '톤마'(頓馬・トンマ:얼뜨기, 얼간이, 어딘가 좀 모자라다), '야로'(野郎・ヤロウ:남성을 욕하는 말), '아마'(尼・アマ:여편네, 비구니. 여자를 욕하는 말.*여승을 이르기도 한다) 등이 있다. 이러한 욕설 중에 강도가 제일 높은 말이 '칙쇼'이고 '바까'나 '아호'는 상황에 따라서 어린이들을 귀엽게 지칭하는 말로도 된다. 그리고 '바까야로'(馬鹿野郎), '톤마야로'(頓馬野郎), '쿠소야로'(糞野郎, '糞・クソ' 쿠소는 똥을 가리킴), '쿠솟타레'(糞ったれ:똥싸개), '쿠소바바'(糞婆・クソババア:할망구), '쿠소지지'(糞爺・ク

ソジジイ:영감쟁이), '쿠소보즈'(糞坊主・クソボウズ:못된 중놈), '후자케루나'(ふざけるな:거들먹거리지 마) 등 복합 표현이 있는데 '野郎'는 접미사로, '糞'는 접두사로 많이 쓰이고 있다는 것을 알 수 있다. 또한 직접 상대방을 욕할 때에는 상기의 욕설 표현 앞에 지시대명사 '코노'(この, 이-)나 '아노'(あの, 저-)를 붙여 'こん畜生'('この'가 강조된 표현), 'この尼', 'このくそ野郎', 'あのくそったれ' 등으로 쓰인다. 이런 욕설들이 구체적으로 어떻게 쓰이는지 구체적인 예를 몇 개 들어보기로 하자.

(1)「畜生! こんなはずじゃなかったのに…」ホームにポツンと二人だけ残されて、悔しがる。『果たせない約束』"젠장, 이건 아니었는데…" 홈에 두 사람만 외따로 남아서 울분을 토한다.

(2)「馬鹿者! お前なんぞに打ち取れる相手か?」即座に一喝された。『蒙古襲来』
"등신 같은 놈, 너 따위한테 쓰러질 상대인가?" 그 자리에서 일갈 당했다.

(3)「あなたがそんな阿呆だとは思わなかったわ!」そういうと彼女は急に立ちあがった。『ウルフソレント』
"당신이 그처럼 멍청할 줄 몰랐어요" 그녀는 말을 마치자 급히 일어섰다.

(4)「下がれって言ってんだ、この馬鹿野郎!」彼は銃身で彼らの胸板を押し、そのまま後ずさりさせて、戸口から外に出した。『狼の帝国』
"뒤로 물러서라 했다, 이 씨발 놈들" 그는 총신으로 그들의 앞가슴을 밀어 뒷걸음을 치게 하고 출입구 밖으로 밀어냈다.

(5)「糞! このまま逃がしてたまるか!」「バカ!」「クソたれ!」『銀河乞食軍団』

"씨발, 이대로 놓칠 수는 없어." "망할!" "뒈질!"

(6)「俺は伊藤より上に決まってんじゃ」「だから何点だよ」「俺、十八点」「この馬鹿、どおって事ねえじゃんよ。二点の差ってよ」と伊藤がおどけながら吉川と松岡を見やった。『いじめへの逆襲』

"내가 이토 보다 높을 건 뻔한 일이지?" "그럼 도대체 몇 점이란 말이야?" "나, 18점이다." "자식, 별 것도 아니네. 2점 차래." 이토는 익살맞은 얼굴로 요시오카와 마쓰오카를 넘겨보았다.

일본에서 실제 쓰이고 있는 이상의 용례들을 보면 번역된 한국어처럼 그렇게 정도가 강한 뉘앙스가 아니다.

한편 사회언어학 차원에서 고리라(ゴリラ:고릴라), 부타(豚・ブタ:돼지) 등과 같이 일반명사이나 욕설이 될 수 있는 동물명, 가키(餓鬼・ガキ:어린아이를 비하하는 말), 데부(デブ:뚱뚱한 사람을 비하하는 욕설), 부스(ブス:주로 못생긴 여성을 비하하는 말) 등과 같이 신체적 특징을 나타내는 욕설, 게이닌(芸人・ゲイニン:연예인. 미천한 직업을 비하하는 말), 룬펜(ルンペン: 방랑자, 노숙자) 등 직업적 특징을 나타내는 욕설, 도진(土人・ドジン:원주민, 미개하다는 뜻), 시나진(支那人・シナジン:중국인을 비하하는 말) 등 인종이나 민족, 특정지역에 대한 비하의 표현도 적지 않은데 이러한 말들은 대중적 매체에서 금지된 말로 현대 일본어에서는 거의 쓰이지 않는다.

이 밖에도 아래와 같이 외래어나 오래전에 사용되던 욕설들이 있지만 이런 말들도 일상생활에서 매우 적게 쓰이며, 대화 상대방에 대하여 직접 쓰는 일은 거의 없다고 볼 수 있다.

고미(塵・ゴミ), 쿠즈(屑・クズ), 카스(滓・カス) → 쓰레기, 좆빱

고로츠키(ごろつき) → 무뢰배, 건달, 깡패, 양아치

데쿠(木偶・デク)/데쿠노보(木偶の坊・デクのボウ) → 등신, 호구

로쿠데나시(碌でなし・ロクデナシ) → 형편없는 놈, 쓸모없는 놈

마누케(間抜け・マヌケ) → 얼간이, 얼빠진 놈

봉쿠라(ぼんくら) → 머저리, 등신

아바즈레(阿婆擦れ・アバズレ) → 쌍년

친피라(チンピラ)→양아치

우스노로(薄のろ・ウスノロ) → 얼간이, 멍텅구리

보케(ボケ) → 바보, 멍청이

빗치(ビッチ) → 창녀, 갈보

시니조코나이(死に損ない・シニゾコナイ) → 뒈질 놈

양키(ヤンキー) → 양아치

돈치키(とんちき) → 얼간이

야쿠타다즈(役立たず・ヤクタタズ) → 쓸모없는 놈

이상 열거한 일본어의 욕설을 살펴보면, 어는 나라거나 사회에도 모두 보편적으로 존재하고 있는 여러 가지 형태의 언어적 표현이 거의 다 있다고 볼 수 있다. 하지만 총체적으로 보면 영어권의 'fuck', 중국어에서의 차오(肏 [cào]/操 [cāo]), 한국어에서의 '씨발' 등과 같이 일

반적으로 욕설에 많이 쓰이는 성(性)에 관한 표현은 일본어의 욕설에서는 찾아볼 수 없다.

그러면 만국(萬国)에서 욕설 표현의 중심으로 되고 있는 성에 관한 표현이 왜 유독 일본어에만 거의 없을까? 이 점에 대하여 일본 외교평론가인 카세히데아키(加瀬英明)는 일본문화의 큰 특징 중의 하나인 '자기 억제'로 풀이하고 있다. 즉 무사도, 다도, 무용부터 일본 복장에 이르기까지 기거행동에 있어서 자제하는 미학이 강조되어 왔기 때문에 욕설 표현도 적다는 것이다. 또한 일본의 욕설 표현에 성과 관련되는 말이 적은 것은 성이 일본에서는 폄할 대상이 아니라는 것을 뜻하며, 사람을 동물에 비해 욕하는 말은 사람들이 지켜야 할 사회질서와는 관계가 없기 때문이라고 풀이하는 학자들도 일부 있다. 다시 말하면 일본어에 있어서의 욕설은 상대방 혹은 다른 사람을 폄하거나 모욕을 주는 것이 목적이 아니고 '사회 질서 중의 상시 결여되어 있는 행위를 타이르는 데 있다.'

이와 같이 일본어의 욕설 표현은 일본의 전통적인 '화의 문화'와 깊은 관계가 있다고 보아진다. 일상적인 생활 중에서 일본인들은 친구거나 회사동료끼리 다투는 일이 거의 없기 때문에, 물론 서로 욕지거리하는 일도 극히 드물다. 만약 친구거나 동료 사이에 위에서 열거한 욕설을 했을 경우, 그 즉시 결렬을 의미한다.

서두에서 든 미구의 두 지식인의 기록도 일본의 이러한 전통문화에 따른 표상의 하나이지 결코 문명(civilization)과는 큰 관계가 없는 것 같다.

16. 내가 배고픈 것도 모른다고?

【이은미】

다음 여고생 친구 간 대화를 보자.

さゆり：ね、私、お腹すいたかも。

あゆみ：あ、もう1時だね。お昼食べにいく？私もお腹すいたかもしれない。

사유리와 아유미의 발화에서 사용된 'かもしれない(~일지도 모른다)'는 일반적으로 일본어 교육 현장에서 '추량, 불확실성'을 나타내는 문법항목의 하나로서 지도하는 'かもしれない'의 의미 · 용법과는 조금 다름을 알 수 있다. 사유리와 아유미의 발화인 「私、お腹すいたかもしれない」와 「私もお腹すいたかも」에서 'かもしれない'와 'かも'는 정말로 본인들이 배가 고픈 건지, 배가 고프지 않은 건지 확실하지 않아서 사용한 것일까? 1인칭 화자의 생리적 현상만큼 본인이 명확하게 인지할 수 있는 것이 있을까? 그렇다면 너무나도 명확한 사실에 대해서 사유리와 아유미는 왜 'かもしれない'를 사용한 것일까?

먼저 'かもしれない'의 기본적 의미를 살펴보면, 부조사 'か'와 계조사 'も', 그리고 자동사 'しれる(知れる)'의 부정형이 결합하여 만들어진 연어(連語)로, 격식 없는 회화체에서는 'かも'의 형태로 종조사처럼 사용되기도 한다.

여러 사전에서 'かもしれない'는 「可能性はあるが、確ではない(가능성은 있지만 확실하지 않다)」(고지엔(広辞苑)), 「話し手の不確かな判断を表す。断言はできないが、可能性、恐れなどがありそうだという場合に用いる。可能性はあるが、確ではない(화자의 불확실한 판단을 나타낸다. 단언할 수는 없지만 가능성, 우려 등이 있을 것 같은 경우에 사용한다)」(고쿠고다이지텐(国語大辞典)), 「可能性はあるが、不確実である意を表す(가능성은 있지만 불확실한 의미를 나타낸다)」(다이지린(大辞林))라고 제시되고 있으며, 여러 문법서에서는 어떤 사태에 대한 화자의 인식적 파악방법을 나타내는 인식적 모달리티의 한 유형으로 화자가 그 사태를 가능성이 있는 것으로 인식하고 있음을 나타내는 표현이라고 설명하고 있다. 즉 'かもしれない'의 핵심 의미 · 용법은 '가능성'과 '불확실성'이라고 할 수 있다.

그런데 실제 일상 대화를 살펴보면 위에 제시한 사유리와 아유미의 대화에서처럼 화자가 사태를 확실한 것으로 파악하고 있음에도 불구하고 'かもしれない'를 사용하는 경우를 자주 볼 수 있다. 이러한 'かもしれない'의 사용은 'かもしれない'의 '가능성'과 '불확실성'이라는 핵심 의미 · 용법에서 파생한 용법이라고 할 수 있는데, 대인 배려를 위해 주장을 완화하고 단정을 회피하는 전략이기도 하면서, 해당 사태(명제 내용)에 대한 화자의 책임을 회피하고, 한편으로는 상대방에게 품위를

• • •
그림책『링고카모시레나이(りんごかもしれない)』 포스터

갖춘 인물(이미지관리)로 비춰지기를 원하는 화자의 욕구의 표출이라고도 할 수 있다.

특히 이러한 용법의 'かもしれない'는 젊은 층 대화에서 빈번하게 사용되는데, 이러한 경향은 화자에게 있어 명확한 감정이나 감각표현에 'かもしれない'가 부가된 경우의 허용도에 대해 세대별(10대~60대)로 조사한 구니사와(国澤, 2013)의 연구를 통해서도 미루어 짐작할 수 있다. 구니사와(国澤, 2013)에서는 '大きい', 'おなかがすいた', 'おいしい', '痛い', '嬉しい' 등 속성평가나 감각, 감정을 나타내는 형용사 뒤에 'かもしれない'가 사용된 발화의 허용도를 세대별로 수치화한 결과, 젊은 세대일수록 허용도가 높고, 세대가 높아질수록 허용도가 낮아지는 경향이 있으며, 또한 모든 세대에서 상대가 다른 의견을 가지고 있을 가능성이 상정되는 경우에 허용도가 높아지고 동의가 기대되는 문맥에서는 허용도가 낮아지는 경향을 보여주고 있다.

연구에서 사용한 예문을 들어 설명하면, 아래의 예(1)에서는 B의 생각이 어떤지 모르는 상황에서 A가 요리가 맛있다고 하는 경우이며, 예(2)에서는 요리가 맛있다고 하는 B의 의견에 A도 동의하는 경우인

데, 세대에 상관없이 예(1)과 같은 상황에서 'かもしれない'의 허용도가 더 높으며, 젊은 세대일수록 모든 상황에서 'かもしれない'의 허용도가 높았다.

(1) A와 B가 레스토랑에서 같은 요리를 먹고 있다. A는 요리가 맛있다고 생각했다.

A：これおいしい(かもしれない)。

(2) A와 B가 레스토랑에서 같은 요리를 먹고 있다. A는 요리가 맛있다고 생각했다.

B：これおいしいね。

A：うん、おいしい(かもしれない)。

앞서 언급하였듯이 젊은 세대에서 자신의 인식이나 의견을 말할 때 여러 가능성의 여지를 남기는 'かもしれない'의 사용을 상대적으로 선호하는 경향이 있는데, 이러한 현상은 'かもしれない'에 국한되지 않고 'とか', 'みたいな', 'たり'와 같은 언어표현을 사용할 때도 빈번하게 나타난다. 이러한 언어표현의 공통점은 해당 표현의 기본 용법이 경우의 수가 복수거나 추량을 나타내는 '불확실한 단정'에 기반하고 있다는 점이다.

'とか'의 경우를 보자. 'とか'의 기본 용법은 예를 제시하여 열거하는 용법인데, 실제 대학생 친구 간 대화와 대학생 첫 만남 대화 자료를 분석한 결과, '예시, 열거' 용법보다 아래에 제시한 대학생 첫 만남 대화의 예(3)과 예(4)와 같이 'とか'의 사용에 의해 단정이나 단언을 회피하여 발화를 완화하는 용법으로 사용되는 비율이 첫 만남 대화에서는 3배, 친구 간 대화에서는 4배나 높았다.

(3) A：院試っていつあるんですか?。

B：あの、今度の日曜日とかなんだよね〈笑い〉。

(4) A：それ何ですか?、気になる〈笑い〉。

B：これなんか中国のお土産でもらって。

A：皮、ですか? 木ですか?。

B：何だろ、皮のような気がする…とか〈笑いながら〉。

'みたいな'의 경우에도 실제 대학생 대화에서 「あれ、誕生会は? みたいな。」, 「で、4春は、どこでしょう、みたいな。」, 「もうとにかくー、やっぱ語学得意でー(うんうん)、1回見れば覚えちゃいまーす、みたいな。」와 같이 문말에서 유사인용처럼 사용되어 '단정회피'의 기능을 하는 비율이 거의 50%를 차지하고 있었다.

쓰지(辻, 1999)에서는 「明日とか映画とか行かない?」라는 예를 들면서 'とか', 'みたいな', 'たり', 'というか' 등 젊은 층이 주로 사용하는 언어사용을 젊은 층의 심리와 관련지어 커뮤니케이션학, 사회심리학 관점에서 분석하고 이러한 젊은 층의 언어사용은 발화행위에 의해 설정되는 대인관계의 구속력을 완화하기 위한 화용론적인 전략으로 파악가능하다고 지적하고 있다. 한편 사타케(佐竹, 2013)에서는 현대 젊은이들은 저출산 시대에 태어나 과잉보호하에서 자라나서 경쟁 사회에서 상처받은 경험이 적고, '친절함이 만연한 시대(やさしさの時代)'에서 성장해왔기 때문에 서로 상처를 입히고 받는 것을 싫어하며 인간관계가 깊지 않으면 서로 상처를 입히고 받는 일도 적기 때문에 현대 젊은이들은 깊이 있게 사귀는 인간관계를 피하고자 발언할 때는 완곡하고 애매한 표현을 사용하여 가능한 한 표면적 교제를 유지하려고 하고 있다고 지적하고 있다. 이처럼 명언이나 단정을 피해 애매하게 말함으로써 표현을 완곡하게 하여 자신의 발언을 약화시키는 표현을 '소프트화'라고 명명하였다. 앞서 예를 통해 살펴본 'かもしれない'나 'とか', 'みたいな'도 '소프트화'에 해당한다고 할 수 있는데, 화자의 의견이나 주장을 완화함으로써 상대방에 대한 배려를 나타내기 위한 언어전략일 뿐만 아니라 자신의 발언의 실수나 불충분함에 대한 책임 회피를 위한 젊은이들의 언어전략으로 기능하고 있음을 알 수 있다.

최근 들어 한국에서도 젊은 세대들이 주인공인 드라마를 보면, 친구 사이나 연인 사이에서 '나 좀 배고픈 것 같아'와 같은 대사들이 종종 등장한다. 한국사회가 시차를 두고 일본사회를 따라가는 경향을 감안하면, 한국인과 일본인의 언어사용을 비교할 때 적어도 젊은 세대의 언어사용에서는 '단정회피'가 향후에도 일본인만의 특징이라고 말할 수 있을지 모르겠다.

17. 'いい'로 '싫음'(厭)의 감정표현을?

【송연희】

일본어 'いい'(よい)는 사전적 의미만을 본다면 단순한 의미를 가진 듯 하지만, 실제 회화에서는 매우 다양한 의미로 사용되고 있으며, 발화시 기능의 관점에서 보면 '동의, 허가요구, 허가, 거절, 확인' 등으로 분류할 수 있다.

나카무라 아키라(中村明)는 감정이란 심리학적으로는 감각과 관념을 동반해서 일어나는 쾌 · 불쾌 또는 긴장 · 이완의 현상을 가리키는 것으로 의지 · 이성과 대립되며 의식의 주관적인 면을 나타낼 때 사용되고, 감정경험 중 감각이나 정서와는 구별되어지나 희로애락보다도 더 넓은 범위로 기분이나 심리라는 말로 가리키는 어떤 임시적인 정신상태 모두의 총칭이라고 하였다. 또 감정을 '기쁨(喜) · 좋음(好) · 싫음(厭) · 분노(怒) · 놀람(驚) · 안도(安) · 두려움(怖) · 슬픔(哀) · 격앙(昂) · 부끄러움(恥)' 10가지 종류로 분류했다.

그렇다면 'いい'를 감정표현의 관점에서 본다면 실제 회화에서 몇 종류의 감정표현이 가능할까?

(1) 기쁨(喜)

A: 連休に海外旅行でも行かない？ (연휴에 해외여행이라도 가지 않을래?)

B: それはいいわね。(그거 좋아요)

위의 예문은 남편이 아내에게 해외여행을 권유하는 장면이며 아내가 행복해 하며 기뻐하는 장면이다. 기쁨(喜)의 감정은 좋거나 멋진 일이 일어나는 특정한 사건에 의해 자극을 받는 감정이며 하위 범주에는 'めでたい・うれしい・幸せだ・満足・楽しい・喜ぶ・面白い・有難い・愉快' 등이 있고, 감정표현의 관점에서는 '기쁨'(喜)의 감정을 표현하고 있다고 할 수 있을 것이다.

(2) 좋음(好)

A: 彼のどこがすきなの？ (그 남자의 어디가 좋아?)

B: 真面目で素直なところがいいんです。(성실하고 솔직한 면이 좋습니다.)

위의 예문은 남자친구의 어떤 면이 좋은지 묻는 질문에 좋아하는 이유와 함께 감정을 표현하고 있다. '좋음'(好)의 감정은 좋아하는 마음 또는 그 마음의 상태를 표현하는 감정으로 하위범주에는 '恋しい・あこがれる・好きだ・なつかしい・気に入る・夢中になる' 등이 있으며, 이 장면에서 'いいんです'는 '好きだ'의 의미이므로 '좋음'(好)의 감정표현을 하고 있다는 것을 알 수 있다.

(3) 싫음(厭)

A: 今日のことは気にしないで打ち上げに行こうよ。

(오늘 일은 신경쓰지 말고 뒤풀이 가죠?)

B: いいんです。田中さんと顔を合わせるのはちょっと……

(됐습니다. 다나카 씨와 얼굴을 마주하기가 좀…….)

위의 예문은 회사에서 일 때문에 의견충돌이 있었던 동료를 뒤풀이에서 다시 보고 싶지 않아 참가하지 않겠다고 거절하는 장면이다. 거절당하는 상대방의 부담을 줄여주고자 직접적으로 싫다고 표현하지 않고 상대방을 배려하는 완곡한 표현을 사용하고 있다.

'싫음'(厭)의 감정은 '좋음'(好)의 감정과 근본적으로 상반되는 감정이며 감정표현에는 긍정적 감정과 부정적 감정이 존재한다. '싫음'(厭)의 하위범주에는 '嫌い, 憎い · 悔しい · 困る · 苦しい · 失望 · 憂鬱 · 辛い · 残念' 등이 있으며, 발화기능으로 보면 거절이라고 할 수 있지만 감정표현의 관점에서 보면 '싫음'(厭)의 감정을 표현하고 있다고 할 수 있다.

(4) 분노(怒)

A: 君にお金を何度も貸したじゃないか。

(너에게 돈을 몇 번이나 빌려줬잖아.)

B: もういい。君には頼まないから。

(됐어. 너에게 부탁 안 할거야.)

위의 예문은 항상 돈을 잘 빌려주던 친구가 이번에는 급한 상황인데 돈을 빌려 달라고 몇 번이나 부탁해도 빌려주지 않자 화를 내는 장면이다. '분노'(怒)의 감정은 어떤 사람이 저지른 일에 대해 부정적 판단을 하게 됨으로써 생기는 감정이며, 화자가 바람직하지 못하다고 생각하는 상황에 대한 반응으로 분하여 화가 치미는 감정이다.

또 '분노'(怒)의 감정은 화자가 요구사항을 몇 번 전달하였는데도 불구하고 해결되지 않거나 개선이 되지 않고 되풀이 될 때 목소리 높아지면서 화를 내는 장면들이 많다. 하위범주에는 '怒る・腹立つ・むかつく・不機嫌・怒鳴る・叱る' 등이 있다.

위에서 감정표현적 관점에서 'いい'가 실제 회화에서 몇 가지 감정표현이 가능한지 살펴보았으며, 결론적으로 10가지 종류의 감정 중 기쁨(喜)・좋음(好)・싫음(厭)・분노(怒)의 4가지 감정표현이 가능하다.

감정을 긍정적인 감정과 부정적인 감정으로 분류할 수 있는데 긍정적인 감정은 기쁨(喜)・좋음(好)・안도(安), 부정적 감정은 분노(怒)・싫음(厭)・두려움(怖)・슬픔(哀)・격앙(昂)・부끄러움(恥)이다. 놀람(驚)의 감정은 감정을 느끼는 원인이 좋은 일과, 나쁜 일 두 가지 모두를 포함하고 있는 중립적인 감정이므로 긍정적 감정과 부정적 감정의 분류에서는 제외한다. 'いい'로 표현할 수 있는 감정은 긍정적인 감정표현과 부정적인 감정표현 모두 표현할 수 있다는 것을 알 수 있다.

다음은 'いい'의 과거형 'よかった'(좋았다)는 어떤 감정표현이 가능한지 살펴보자.

(5) 기쁨(喜)

A: お母さん、私妊娠したの。(엄마, 임신했어.)

B: よかったわね。おめでとう。(잘됐어. 축하해.)

딸이 임신한 소식을 알려주자 엄마가 진심으로 축하한다. 'よかった'로 '기쁨'(喜)의 감정을 표현하고 있으며 'おめでとう' 또한 '기쁨'(喜)의 하위범주에 속하는 감정이므로 '기쁨'(喜)의 감정을 표현하는 것이다.

(6) 좋음(好)

A: 昨日のコンサートはどうでしたか。(어제 콘서트는 어땠습니까?)

B: とてもよかったです。(매우 좋았습니다.)

위의 예문은 어제의 콘서트를 관람한 소감을 묻자 매우 좋았다고 하는 장면으로 '좋음'(好)의 감정표현을 하고 있다는 것을 알 수 있다.

(7) 안도(安)

A: 鈴木さん、面接に間に合ったそうです。

(스즈키씨 면접시간에 늦지 않았대요.)

B: よかったですね。心配しましたよ。

(다행이네요. 걱정했어요.)

위의 예문은 회사에 면접을 보러 가는데 너무 늦게 출발해서 시간

에 맞추어 도착하지 못할 것을 걱정했지만 늦지 않고 무사히 도착했다는 소식을 전해 듣고 안심하는 장면에서 'よかった'로 '안도'(安)의 감정을 표현하고 있다. '안도'(安)의 감정은 안전에 대한 위협을 느끼거나 고통을 느낀 직후에 느끼는 감정이다. 종전의 긴장이나 두려움이 감소되었거나 소멸되었을 때 편안하게 안도를 느끼게 된다. 감정표현의 관점에서 보면 'よかった'는 실제 회화에서 '기쁨(喜) · 좋음(好) · 안도(安)' 3가지 종류의 감정표현이 가능하다는 것을 알 수 있으며 'いい'와 달리 긍정적인 감정표현만 가능하다고 할 수 있다.

최현석(2011)은 감정이란 너무나 다양해서 일반화하기가 어렵다는 사실은 우리말에서도 찾아볼 수 있으며 우리나라 어른들은 한(恨)이 많다고 하는데, 한은 슬픔과 분노 등 여러 감정의 복합체로, 이에 해당하는 영어 단어도 없고 영어 사용자들이 이해하기 어려운 감정이어서 같은 우리말을 쓴다고 해도 서구적 가치관을 가진 젊은이들은 한이라는 개념을 공감하기 어려운 것이 감정이라고 설명하고 있다.

감정이란 매우 복잡하고 다양해서 일반화하기 어려울 뿐만 아니라 문화에 따라 다르게 표현하는 미묘한 부분이 있기 때문에 서로 다른 언어사용자가 공감하고 이해하기 어려운 부분이 있을 수밖에 없다.

'いい'와 'よかった'를 중심으로 장면에 따라 실제 회화에서 여러 가지 감정표현이 가능한 예들을 살펴보았다. 긍정적인 감정과 부정적인 감정이 하나의 표현으로 가능하거나, 여러 가지 감정을 나타낼 수 있는 표현들이 일본어 안에 상당수 존재하므로 잘 파악해 두는 것이 일본어를 이해하는데 있어서 많은 도움이 될 것이다.

18. '몇 학번이세요?' '무슨 띠에요?' 어떻게 물어보면 좋을까?

【김동규】

일본어와 한국어는 어순이 동일하고, 다수의 한자 어휘를 공유하는 등 여러 부분에 있어서 유사점이 있다.

양국어에 있어서의 경어 체계의 존재도 그중 하나로 들 수 있을 것이다. 양국어의 경어는 문법, 어휘, 표현의 면에서 각각 특징을 가지고 있으나 두 언어의 유사성의 그늘에 가려 막연히 '서로 비슷하겠지' 하고 생각하는 경우가 있다. 이 글에서는 일본어와 한국어의 경어, 경어표현에 대하여 서로 비교해 보자.

우선 일본어 경어의 체계이다. 일본어 경어의 분류에 대해서는 지금까지 많은 연구자들이 의견을 내어왔다. 2분류, 3분류(尊敬語, 謙譲語, 丁寧語), 4분류, 5분류, 11분류 등 여러 의견이 있지만 현대일본어 경어의 인식과 사용의 준거가 되는 일본 문화청의 『경어의 지침』〔『敬語の指針』(2007)〕을 기준으로 확인해 보자.

존경어 (尊敬語)	상대 또는 제3자(화제의 인물)의 행위, 사물, 상태 등에 사용하여 그 사람을 직접적으로 높임	'いらっしゃる ・おっしゃる'型
겸양어Ⅰ (謙譲語Ⅰ)	자신(측)이나 상대(측) 또는 제3자에 향하는 행위, 사물에 사용하여 그 향하는 쪽에 있는 사람을 높임	'伺う ・申し上げる'型
겸양어Ⅱ (謙譲語Ⅱ・丁重語)	자신(측)의 행위, 사물 등에 사용하여 말이나 문장의 상대에게 정중히 전달함	'参る・申す'型
공손어 (丁寧語)	말이나 문장의 상대에 대하여 공손하게 전달함	'です・ます'型
미화어 (美化語)	사물을 미화하여 전달함	'お酒・お料理'型

종래의 일본어 경어의 분류는 존경어, 겸양어, 공손어의 3분류가 주류였으며. 일본의 초·중등 교육에서도 3분류를 사용해 왔다. 하지만 현대일본어 경어의 양상을 나타내는 데는 부족함이 있어 『경어의 지침』에서는 5분류를 채택하고 있다. 특히 과거의 3분류에서의 겸양어는 '자신을 낮춤으로서 상대, 제3자를 (상대적으로) 높인다'고 설명해 왔다. 반면 『경어의 지침』에서는 '자신을 낮추는 것'이 아니고 '자신의 행위, 사물에 경어를 사용하여 그 행위, 사물이 향하는, 즉 그에 관련된 사람을 높이게 된다'고 설명하고 있다.

현대사회는 과거의 신분제도에 기초하고 있지 않다. 사회적, 인격적으로 평등한 시민으로 서로를 존중할 필요가 있다. '말에 그치는' 것이라 하더라도 자신을 낮추는 것은 현대사회의 이상에 어긋나는 경

우가 있다. 이에 따라 '그 사람'을 '직접적으로 높이는' 경어는 존경어, '관련된 나에게 사용하여 간접적으로 높이는' 경어는 겸양어Ⅰ로 분류하고 있다. '낮춘다'는 경어적 성질을 없애고 '높인다'는 경어적 성질로 통일한 것이다. '직접적으로' 높이는 경어(→ 존경어)인지, '간접적으로' 높이는 경어(→겸양어)인지의 차이일 뿐이다. 한편 겸양어Ⅱ는 정중어(丁重語)라고도 불리운다. 겸양어 그룹에 속해 있으므로 자신의 행위에 사용한다. 하지만, 겸양어Ⅰ과는 달리 자신을 높이지는 않고 커뮤니케이션 자체를 포멀하게 해주는 경어적 성질을 갖는다. 이것이 겸양어Ⅰ과의 차이점이다. 미화어는 경어접두어 お・ご(御)를 붙인 말로 현대일본어에서도 그 사용은 매우 많다.

존경어, 겸양어의 경우는 한국어 경어에도 먹다–드시다, 보다・만나다–뵙다와 같이 경어의 개념상 대응하는 형식이 있으나 겸양어Ⅱ와 미화어의 경우, 현대한국어에는 이에 대응하는 문법형식이 존재하지 않는다고 보는 견해가 일반적이다.

예를 들면 「出張に行ってまいりました」, 「新宿行きの電車が参ります」, 「お水をいただけませんか」의 한국어역은 문을 단위로 한 경우 '출장을 다녀왔습니다', '신주쿠행 전차가 옵니다', '물을 주시겠습니까?'로 할 수 밖에 없어서 「出張に行ってきました」, 「新宿行きの電車が来ます」, 「水をいただけませんか」의 한국어역과 차이를 찾기가 매우 힘들다.

이번에는 담화상의 공손도를 기준으로 일본어와 한국어의 대자경어(対者敬語) 체계를 비교해 보자.〔임영철(2014), 서정수(1996)〕.

한국어			일본어	
경의체	격식	합니다체	경체(敬体)	です・ます체
	비격식	해요체		
비경의체		한다체	상체(常体)	だ・である체
		해체(반말)		

대자경어는 눈 앞의 상대방을 위한 경어, 즉 커뮤니케이션을 위한 경어로 자리매김된다. 위의 표는 이와 같은 대자경어에서의 경의체와 비경의체(상체)를 기준으로 한 것인데, 대자경어의 측면에서는 일본어보다 오히려 한국어 쪽이 더욱 복잡한 것을 알 수 있다. 왜 그런 것일까? 그에 대한 답은 여러 가지에서 찾을 수 있으나 우선 양 언어의 경어체계가 갖는 기본적인 성질에서 생각해보자.

일본어 경어는 상대경어이다. 상대경어는 보통 화자-청자-제3자(화제의 인물)의 관계를 모두 따져서 경어의 사용(의 정도)을 정하는 것이라고 규정되는데, 한 마디로 하면 커뮤니케이션 주체 간의 사회적 관계에 따라 높이기도 하고, 낮추기도 하는 것이라고 할 수 있다. 이에 비해 한국어 경어는 절대경어이다. 보통 화자와 청자, 양자의 관계(만)를 기준으로 경어의 사용을 정하는 것이라고 규정하는데, 다른 말로 하면 사회적 관계보다는 커뮤니케이션에 참가하고 있는 화자와 청자 사이의 상하관계를 기준으로 높이기도 하고, 낮추기도 하는 것이라고 할 수 있다.

이와 같이 일본어 경어 사용에는 화자, 청자와 같은 가장 기본적인 커뮤니케이션 주체의 관계만이 아니고 제3자와의 관계도 기준으로 작용한다. 눈앞의 사람과의 관계만이 아니고 다른 사람과의 관계, 즉 '사회적인 요소'가 적용되는 것이다. 이러한 근본적인 성질이 작용하여 일본어 경어는 사회적인 측면으로서의 성질이 보다 강하게 된다.

학생 때는 경어를 사용하지 않았으나 학교를 졸업하고 사회인이 되었으므로 경어를 사용하게 된다는 것이 예시 중 하나이다. 학생은 아직 사회인이 아니다. 한정된 좁은 집단과 친밀한 인간관계에서 커뮤니케이션을 한다. 졸업하고 사회인이 되면 다르다. 사회적 집단에서의 자신의 위치와 역할은 물론 우치-소토(ウチ－ソト)라고 하는 사회성을 바탕으로 한 인간관계에 대한 인식도 요구된다. 사회인으로서 경어를 원활하게 사용한다는 것은 사회성을 인정받는 수단의 하나가 되는 것이다.

더욱이 일본어 경어는 『경어의 지침』에서 확인한 바와 같이 다양한 경어적 성질을 가지고 있다. 이러한 복잡 · 다양한 경어적 성질에 대한 이해를 바탕으로 실제로 직면하는 인간관계, 장면, 내용, 의식에 맞춰서 적절한 경어 형식을 선택해야 하는 것이다.

그에 비해 한국어 경어는 화자와 청자의 관계가 사용에 있어서의 중요한 요인이 된다. 특히 유교적 윤리에 근거를 둔 상하관계가 주요한 기준이 된다. 상하관계에 작용하는 요소는 지위, 역할, 입장 등 여러 가지가 있겠지만 가장 강력한 요소는 다름 아닌 '연령'이다. 따라서 한국어에서 경어 사용의 정도를 정하기 위해서는 연령의 파악이 최우선 과제가 된다. 언어에 따라 다소 차이는 있지만 한국어에서도 연령은 개인의 사적 영역 중에서도 깊은 부분(코어)에 가까운 것이기 때문에 '당신 몇 살이야?' 와 같이 상대의 나이를 함부로 물어보기는 쉽지 않다. 태어난 해, 띠, 학번을 비롯해 공유하는 지인의 나이, 어렸을 때 감명 깊게 본 애니메이션 등 다양한 제재를 사용하여 연령을 파악하려는 표현 · 시도가 한국어에 존재하는 이유가 바로 그것이다. 한국어 경어는 이와 같이 연령에 바탕을 둔 상하관계, 즉 유교적 예의범절을 중시하기 때문에 개인의 도덕(모럴)로서 위치매김되며 이로 인해 위의 표와 같이 눈앞의 상대방에 대해 경의를 표현하는 방법이 세밀하게 발달했다.

일본 전철역의 전광게시판「電車がまいります」

정리하자면 일본어 경어는 사회적 소산으로서의 측면이 강하고, 한국어 경어는 도덕적 측면, 예의범절로서의 성질이 강하다고 할 수 있다. 따라서 경어를 원활하게 사용하지 못하는 경우, 일본어에서는 사회성이 부족하다는 평가를, 한국어에서는 예의범절을 모르는 사람이라는 평가를 받게 되는 것이다.

이와 같이 일본어 경어와 한국어 경어는 근본적으로 다른 성질을 가지고 있는 부분이 있어 양국어의 경어사용에 있어 오해가 생기기도 한다. 예를 들어 고교생의 손주가 조부에게 맛있는 음식을 권하는 장면을 가정해 보자.

A：じいちゃん、これ食べてみる。おいしいよ。

(할아버지, 이거 먹어볼래? 맛있어.)

B：할아버지, 이거 드셔보세요. 맛있어요.

따뜻한 가정의 한 장면을 보는 것 같다. 하지만 일본어와 한국어의 스타일을 바꾸면 인상이 달라진다.

C：おじいさん、これめしあがってみてください。おいしいですよ。

(할아버지, 이거 드셔보세요. 맛있어요.)

D：할아버지, 이거 먹어볼래? 맛있어.

일본어 C의 경우 딱딱하고 차가운 인상을 준다. 혈연관계의 손주가 아니라 타인과 같은 느낌을 준다. 한국어 D는 조부에 대한 예의를 갖추지 않은, 예의범절 교육을 제대로 못 받은 손주라는 인상을 받을 수 있다. 이는 왜 그럴까?

한국어 경어는 기술한 바와 같이 상하관계를 중시하는 것이다. 그 기준은 연령이며 연령은 절대경어의 절대적인 기준이기 때문에 자신(손주)보다 연령이 높은 조부에게는 경어를 사용할 필요가 있다.

일본어 경어는 사회적 소산으로서의 성질이 있다. 사회적 관계를 규정하는 것은 여러 가지 요소가 있지만 일본어 경어에서는 친소관계, 즉 우치-소토의 개념이 강력하게 작용한다. 우치-소토 관계는 친소관계의 일종으로 인간관계의 가까움과 멈을 기준으로 한다. 다만 유동적, 가변적, 주관적인 성질이 있어 그 파악이 용이한 것은 아니지만 일반적으로 가족은 인간관계에서 가장 가까운 관계라고 할 수 있으며, '우치'의 관계에 속한다. 우치 관계의 사람에게는 경어를 사용하지 않는 것이 일본어 경어의 대원칙 중 하나이다.

예를 들면 일본인 친구를 사귀게 되어 서로 친해지게 되면 아래와 같은 말을 듣게 되는 일이 있다.

E：ですます抜きにしない？(ですます없이 이야기 하지 않을래?)

F：タメ口で話そう。(반말로 하자)

E, F는 경어를 사용하지 않음으로서 인간관계(거리)에 대한 서로의 인식을 ('소토'에서) '우치'로 바꾸고자 하는 의도를 나타내는 것이다. 즉, 서로 친해지게 되었다는 표시로서 기능하는 것이다. A도 이와 마찬가지로 조부에게 오히려 경어를 사용하지 않음으로써 손주(가족)로서의 친밀감을 나타내게 되는 것이다.

다만 주의할 것은 일본어 C와 한국어 D가 양 언어에서 전혀 사용되지 않는 것은 아니라는 것이다. 일본어에서 C와 같은 표현이 사용된다면 조부에 대한 어색함이나 관계가 친밀하지 않음을 나타내게 된다. 화자가 성인이고 상대가 자주 만나지 않는 시댁이나 처가의 조부라면 C와 같은 표현이 사용될 수도 있다.

또한 실은 한국어에서 D와 같은 표현은 드물지 않게 접할 수 있다. 한국어에서도 낮춤말을 사용하여 어리광을 부리거나 친근감을 나타내는 표현 방식이 존재하기 때문이다. D는 오히려 조부와의 관계가 아주 가까운 손주라는 인상을 줄 수 있을 것이다. E, F에서도 알 수 있듯이, 경어는 인간관계에 있어서의 거리를 조정하는 기능도 있다.

지금까지 일본어와 한국어의 경어에 대하여 살펴보았다. 양국어의 문법적, 어휘적 유사성에만 집중하여 기계적으로 단어를 서로 바꾸기만 해서는 적절하고 원활한 언어사용은 기대하기 힘들다. 경어는 양국어에서 서로 다른 양상을 보이는 부분 중 하나이다. 일본어 경어에 대한 이해는 더욱 원활한 일본어 커뮤니케이션을 이끌어 줄 것이다.

19. 거절의사는 명확하고, 배려발화는 섬세한 일본인의 이메일

【조영남】

일본인의 언어생활의 특색 중의 하나로 '말하지 않고 글로 쓰지 않는 것이 바람직하다는 정신을 들 수 있다.'(국어학자 긴다이치 하루히코(金田一春彦)『日本人の言語表現』) 이러한 현상은 상대방의 권유에 대해 거절을 하는 상황에서도 잘 나타난다.

A：今週の土曜日、一緒に映画見に行かない？

(이번 주 토요일, 함께 영화보러 안 갈래?)

B：その日はちょっと… (그 날은 좀…)

영화를 보자는 권유에 대해 '그 날은 좀'이라는 표현으로 단정을 회피하는 애매한 말투를 사용하면서 상대방이 본인의 의도를 이해해 줄 것이라는 기대를 한다. 최소한의 표현만 제시하고 말투나 얼굴표정을 통해 의미를 전달하는 상황에 의존도가 높은 고맥락(high context) 언어문화가 발달되어 있기 때문에 이러한 말투로 소통이 가능하다고 할 수 있다.

최근 SNS의 발달에 의해 대면시의 상황적 요소가 배제되고 철저하게 언어에 의존하는 이메일도 커뮤니케이션의 수단의 하나로서 정착되었다. 일본인은 이메일 상에서는 거절의사를 어떻게 나타낼까? 여기서는 언어표현이 중시되는 이메일을 살펴보고 일본인의 거절 언어문화의 특징을 제시한다.

이메일 자료

일본 국립국어연구소 I-JASコーパス의 일본인 대학생 16명의 이메일 자료를 이용하여 분석해본다. 유학시절의 선생님께 관광안내의 의뢰메일을 받았는데 거절 답신한 내용이다. 먼저 일례로 JJJ14의 이메일 내용을 소개한다.

鈴木愛子先生

連絡ありがとうございます。先生から連絡を頂きとても嬉しいです。留学の際は大変お世話になりました。先生が私の町に来て下さりとても嬉しく思いますし、オススメの観光スポットを案内したいのですが、生憎その日は重要な用事があり案内することができません。

せっかく先生にお会いする機会なのに会えず、残念に思います。一緒に観光することができませんが、OOとOOがオススメなのでぜひ足を運んでみて下さい。また次回お会いすることを楽しみにしています。

(스즈키 아이코 선생님

연락 감사합니다. 선생님께 연락을 받아 매우 기쁩니다. 유학 때는 대단히 신세를 졌습니다. 선생님이 제 마을에 와주셔서 매우 기쁘게 생각하고, 추천하고자 하는 관광지를 안내하고 싶은데, 공교롭게도 그 날은 중요한 일이 있어서 안내할 수 없습니다.

모처럼 선생님을 뵐 기회인데 만나지 못하여 아쉽게 생각합니다. 함께 관광할 수 없습니다만, OO와 OO를 추천하므로 꼭 가 보세요. 또 다음에 뵐 것을 기대하겠습니다.)

일본인의 거절전략의 구성요소

거절 이메일에 나타난 요소 중에 필수적인 항목은 무엇일까? 다음 표1을 살펴보자.

표1 ; 일본인의 거절전략과 빈도

거절전략	횟수(비율)	거절전략	횟수(비율)
거절발화	23회(148.3%)	선생님에 대한 긍정적인 마음	13회(81.3%)
거절이유	16회(100%)	거절에 대한 아쉬운 마음	11회(68.8%)
사죄	14회(87.5%)	제안	8회(50.0%)
의리에 대한 긍정적인 마음	14회(87.5%)		
합계 16名(100%)			

조영남(일본어문학 87집, 2020)에 의하면 거절전략에는 '거절발화' '거절이유' 순으로 가장 높고, '사죄', '의뢰에 대한 긍정적인 마음', '선생님에 대한 긍정적인 마음'이 80% 이상의 높은 비율이다. 또한 '거절에 대한 아쉬운 마음'이 68.8%로 나와 비교적 높은 비율이다. 제안이 50%로 일본인 반 정도의 사용 비율이 나타난다. '사죄', '긍정적인 마음', '아쉬운 마음', '제안' 등 다양한 배려적인 언어항목이 눈에 띄는데, 이러한 표현을 잘 구사하게 되면 실례되지 않은 이메일이라고 할 수 있겠다. 다음은 거절전략을 거절발화와 배려발화로 나누어 일본인의 언어문화 특징을 제시하고자 한다.

1) 거절발화

이메일 상에서의 '거절발화'는 'ことができません', 'そうにありません'과 같은 표현을 이용하여 명확하게 불가능한 의사를 나타냄으로써 거절 의지가 매우 확고하고, 변동의 여지가 없어 보이는 특색이 나타났다. 서두에 제시한 대면상황에서의 거절표현(その日はちょっと…)에는 문말의 생략표현이 나타났는데 이메일상의 언어표현은 명료하다. 구체적인 예는 다음과 같다.

●あいにくその日は重要な用事があり案内することができません。せっかく先生にお会いする機会なのに会えず、残念に思います。一緒に観光することができませんが、OOとOOがオススメなのでぜひ足を運んでみて下さい。

〈JJJ14〉

(공교롭게도 그 날은 중요한 일이 있어서 안내할 수 없습니다. 모처럼 선생님을 뵐 기회인데 만나지 못하여 아쉽게 생각합니다. 함께 관광할 수 없습니다만, OO와 OO를 추천하므로 꼭 가 보세요.)

●その日は予定が入っており、時間が取れそうにありません。〈JJJ29〉

(그 날은 예정이 들어가 있어, 시간을 뺄 수 없을 것 같습니다.)

2) 거절 시에 의뢰자가 받는 부담을 최소화시키기 위한 배려발화

거절 시에 의뢰자가 받는 부담을 최소화시키기 위한 배려발화로서 '거절이유', '사죄', '거절에 대한 아쉬운 마음'이 나타났다.

먼저 '거절이유'에 대해서는 거절을 수락하지 못한 상황이 있다는 것을 이유로 들기 때문에 추상적인 느낌이 강하다. 어떤 이유인지는 구체적으로 제시하지 않아 일본인의 '말하지 않고 글로 쓰지 않는 문화'가 거절 이유에 반영되었다고 할 수 있다. 이러한 스타일이 대다수의 일본인에게 관찰됨으로써 거절이라는 결과에 대한 구체적인 이유를 제시하지 않는 언어문화가 관용적으로 정착된 듯하다. 따라서 구체적인 이유 제시는 거절담화에서 필수항목이 아니라 사적 영역으로 간주되어 생략되어도 의사소통상 문제가 없어 보인다. 구체적인 예는 다음과 같다.

●その日は以前から外せない予定は入っており、観光案内をする事が出来ません。〈JJJ07〉

(그 날은 이전부터 빼지 못하는 일정이 있어서, 관광안내를 할 수가 없습니다.)

●先生が学会でこちらに来られる日なのですが、とても残念なのですが、わたしの都合が悪く先生にお会いすることができません。〈JJJ06〉
(선생님이 학회로 이쪽에 오시는 날인데, 매우 아쉽지만 제 상황이 나빠, 선생님을 뵐 수가 없습니다.)

다음은 '사죄'와 '거절에 대한 아쉬운 마음'을 나타내는 표현이다.

●その日はどうしても外せない用事がありまして、誠に残念ながらご一緒することができません。せっかくのお誘いにお応えできず、誠に申し訳ございません。〈JJJ01〉
(그 날은 아무리 해도 빼지 못하는 일이 있어서, 정말 아쉽지만 함께 할 수가 없습니다. 모처럼의 권유에 응하지 못하여 정말로 죄송합니다.)

3) 의뢰자의 체면이나 입장을 세워주는 배려발화

의뢰자의 체면이나 입장을 세워주는 배려발화로서 '의뢰에 대한 긍정적인 마음', '선생님에 대한 긍정적인 마음'이 드러나고, '제안'이 나타났다. 먼저 '의뢰에 대한 긍정적인 마음'과 '선생님에 대한 긍정적인 마음'을 나타내는 표현을 소개한다.

●久々にお会いしたいのですが、その日は用事がありお会いできません。せっかくお誘いいただきましたが、申しわけありません。〈JJJ44〉
(오래간만에 뵙고 싶었는데, 그 날은 일이 있어서 뵐 수 없습니다. 모처럼

권유해 주셨는데 죄송합니다.)

이메일

다음은 '제안'으로 제시된 내용을 소개한다. 8건 내용을 각각 살펴보면, 추천하고 싶은 관광지에 관한 내용이 6건이고, 선생님이 지정한 날짜와 다른 날짜로 제안하는 경우가 2건이다.

●事前にどのような場所に行ってみたいなどご希望がございましたらぜひご相談ください。人気の場所をご紹介しますね。〈JJJ52〉
(사전에 어떠한 장소에 가보고 싶은 곳 등 희망이 있으시면 꼭 상담해주세요. 인기 장소를 소개하지요.)

●先生はいつまでこちらに滞在する予定でおられますか？ もし先生のご都合がつく日が他にあれば、その日に観光案内をさせていただけたらと思うのですが、難しいでしょうか。〈JJJ21〉
(선생님은 언제까지 이쪽에 체재할 예정이십니까? 혹시 선생님의 상황이 괜찮은 날이 따로 있으면 그날에 관광안내를 하면 좋을 것 같은데 어려울까요?)

이상과 같이 거절 이메일에 나타난 배려발화에는 다양한 종류와 내용이 나타나 일본인의 섬세한 언어표현과 마음 씀씀이가 한층 돋보이는 역할을 한다. 이러한 배려발화는 일본인의 '말하지 않고 글로 쓰지 않는 문화'와 상반된 것으로 적극적 표명을 하는 것을 알 수 있다. 단 제안에 관해서는 유명한 관광지를 알려준다는 내용과 다른 날짜를 제안하는 내용이 주를 이루고, 한국인 학습자의 이메일에 나타나는 친구를 대신 소개해준다는 내용은 나타나지 않는다. 제안이더라도 그 내용은 본인이 할 수 있는 최소한으로 것으로 머물러 있다는 것을 알 수 있다. 따라서 제안 내용에는 일본인의 '말하지 않고 글로 쓰지 않는 문화'가 반영된 것으로 보인다.

일본인의 거절 이메일을 살펴보면 '말하지 않고 글로 쓰지 않는 것이 바람직하다는 정신이 '거절이유'와 '제안'에 반영되어 있는 것으로 보인다. 명확하게 말하고 글로 쓴다는 정신은 '거절발화', '배려발화'에 매우 명료하게 나타났다. 따라서 일본인은 무엇을 명확하게 말하고, 글로 명확하게 쓰는지 또는 무엇을 말하지 않고, 글로 쓰지 않는지를 잘 구별해서 인식할 필요가 있다.

일본인의 거절 이메일 내용을 통해서 사람과 사람 간의 의사소통을 할 때 어떻게 말하는가도 중요하지만, 무엇을 언급하고 무엇을 언급하지 않아야 하는지를 생각해 보는 기회가 되면 좋을 것이다.

20. '오늘 밤 일정 있어?'라는 말로, 그녀와 영화를 보게 되었다

【최유미】

영화를 함께 보러 가고 싶을 때, 「今夜、映画見に行こう。」(오늘 밤 영화 보러 가자.)라는 전형적인 권유표현을 대신하여 「今夜、予定ある? 」(오늘 밤 일정 있어?)라고 물어보는 것으로 권유할 수 있다. 함께 커피를 마시고 싶을 때 「コーヒー飲みに行きませんか。」(커피 마시러 가지 않을래요?)라는 전형적인 권유표현 대신 「この後、何かご予定ありますか。」(이후에 뭔가 계획 있어요?)라고 묻는 것으로 같이 영화를 보러갈 수 있다. 글자만 보면 권유하고 있다고 보이지 않는 표현이 실제 커뮤니케이션에서는 권유로 사용될 수 있다.

우리는 일상생활에서 무언가를 함께 하는 것을 목적으로 권유를 한다. 권유는 새로운 인간관계를 만들어 주기도 하고, 기존의 인간관계를 더욱 돈독히 해주기도 한다. 이러한 권유표현은 일본어에서 주로 '~よう', '~ようか', '~ないか'의 문말 형식으로 연구되어 왔다. 하지만 위와 같이 문말형식이 정해지지 않고 문자 그대로의 의미로는 권유라고 볼 수 없는 표현들이 담화 전개 과정에서 살펴보면 권유가 이루어진 것을 확인할 수 있다.

직접적인 권유표현의 형식을 사용하고 있지 않지만, 담화 전개에서 권유라고 판단되는 드라마 시나리오의 예들을 살펴보며, 무엇이 권유표현화 되었는지, 어떠한 요소로 인해 권유표현으로 판단되는지를 살펴보고자 한다.

첫 번째로, 상대방이 행동을 할 수 있는 상황인지 권유의 요인이나 이유와 관련된 상대방의 상황, 상대방이 놓여 있는 사정을 묻는 것으로 권유가 이루어지는 것을 볼 수 있었다.

(1) 恵美：今週末なんですけど。武居さんってその、お仕事お忙しいですよね?

武居：いえ。非番です。あっ。バーベキューなら任せてください。

恵美：あっ。そうですか。じゃあ、詳しいことはまた連絡します。

武居：はい。喜んで！

恵美：じゃあ、失礼します。

『私が恋愛できない理由 5話』

恵美와 武居가 전화 통화를 하고 있는 장면으로 恵美와 武居는 서로 호감을 가지고 있는 관계이다. 恵美의 권유 내용은 이번 주 주말에 바비큐에 가는 것이다. 직접적인 권유 표현은 사용되어 있지 않지만, 담화 전개로 보면 권유표현임에 틀림없다.「お仕事お忙しいですよね？」라고 상대방의 사정을 물어보는 것으로 권유표현화 되었다고 볼 수 있다.

두 번째로, 상대방의 감정이나 심경 변화 같은 심리적 상태를 묻거나, 상대방이 원하는 것에 대해서 물어보거나, 행동에 대한 생각을 묻는 것으로 권유가 이루어지는 것을 볼 수 있었다.

(2) 諏訪の母：今日はね、シュークリーム焼いたのよ。うちのシューはディプロマットクリームなのよ。結衣さん、お好きかしら?

結衣：デデ … はい。はい、何でも好きです。

諏訪の母：よかった。

諏訪の父：なかなか好評なんですよ。我が家のシュークリーム食べたら他のはもう食べられないって。

『わたし、定時で帰ります 3話』

結衣와 諏訪의 부모님이 식탁에서 이야기하고 있는 장면이다. 結衣와 諏訪는 결혼을 약속한 사이로 諏訪의 부모님께 인사를 하고 있다. 諏訪의 어머니의 권유 내용은 함께 슈크림을 먹는 것이다. 직접적인 권유 표현은 사용되어 있지 않지만, 諏訪의 어머니가 結衣를 위하여 슈크림을 만들었다는 것을 설명하고「結衣さん、お好きかしら?」라고 結衣의 취향을 물어보는 것으로 권유표현화 되었다고 볼 수 있다.

세 번째로, 권유하는 쪽인 화자가 행동에 대한 의견이나 생각을 전하는 것으로 권유가 이루어지는 것을 볼 수 있었다.

(3) 美鈴：ハロウィーンパーティーっていってもホテル内のイベントだからね。電源が限られてるの。確か全体で…。全体で確か６０キロぐらいだから、ゼネ車入れた方がいいかもね。

拓海：うん。

『私が恋愛できない理由　2話』

美鈴와 拓海가 이벤트 현장에서 할로윈 파티에 대해서 회의하고 있는 장면이다. 美鈴의 권유의 내용은 전원차(ゼネ車)를 사용하는 것이다. 직접적인 권유표현은 없지만 전원차(ゼネ車)를 사용하는 것이 좋을 것 같다는 자신의 의견을 전달하는 것으로 권유표현화 되었다고 볼 수 있다.

네 번째로 화자의 감정이나 심경 변화 같은 심리적 상태를 전하거나, 자신이 원하는 것, 행동에 대한 의지를 전하는 것으로 권유가 이루어지는 것을 볼 수 있었다.

(4) 巧：(チャイム)早かったね。

結衣：ああ~ いい匂い。

巧：ちょうど今焼けたところ。

結衣：お邪魔しま－す。

巧：は－い。

結衣：う~ん、おいしい！

巧：でしょ？ キャンプでできないかなと思って試しに作ってみたの。結衣ちゃんともキャンプ一緒に行きたいんだけどな~

結衣：今度、連休取れたら一緒に行こう。

『わたし､定時で帰ります 1話』

巧와 結衣는 애인 사이로, 함께 저녁식사를 하고 있는 장면이다. 巧의 권유 내용은 結衣와 함께 캠핑에 가는 것이다. 직접적인 권유표현은 없지만, 함께 캠프 가고 싶다는 자신의 희망을 전달하는 것으로 권유표현화 되었다고 볼 수 있다.

마지막으로, 주변의 상황이나 정보를 전달하는 것으로 권유가 이루어지는 것을 볼 수 있었다.

(5) 武居：すいません。ボートなんて誘って。

藤井：いえ。

武居：女性はこういうのお好きかと思ったんですけど。

藤井：楽しかったですよ。おなか､減ったかなあ。

武居：えっ?

藤井：<u>ドーナツ、いい店があるんですよ。</u>

武居：ドーナツ? 行きたいです!

『私が恋愛できない理由 4話』

恵美와 武居가 첫 데이트로 노로 젓는 배를 타고 지쳐있는 상태로 길에서 이야기를 하고 있는 장면이다. 배가 고픈 恵美의 권유 내용은 도넛을 먹으러 가는 것이다. 직접적인 권유 표현은 없지만 도넛이 맛있는 가게가 있다는 정보를 전달하는 것으로 권유표현화 되었다고 볼 수 있다.

상대방의 사정을 묻는 것, 상대방의 희망이나 취향을 묻는 것, 자신의 의견을 전달하는 것, 자신의 희망이나 의지를 전달하는 것, 주변적 상황을 전달하는 것으로 권유가 이루어진 것을 살펴보았다. 직접적인 권유표현이 사용되지 않았음에도 권유가 이루어질 수 있었던 이유는 무엇일까?

(1)에서 恵美와 武居는 이전에 주말에 회사 사람들과 바비큐를 갈 예정인 것을 이야기한 적이 있다. '이번 주말 바비큐가 있다'라는 것을 서로 이해하고 있었기 때문에「お仕事お忙しいですよね？」에 숨어 있는「忙しくなかったら、一緒に行きませんか。」라는 권유를 알아차릴 수 있었다.

(2)는 모두가 차와 슈크림이 놓여 있는 테이블에 앉아 있기 때문에 서로 그 장소에 대한 이해가 있다. 따라서「お好きかしら?」에 숨겨져 있는「一緒に食べよう。」라는 권유를 알아차릴 수 있었다.

(3)에서 美鈴와 拓海는 비즈니스 파트너로 이벤트 장소의 정보를 서로 공유하고 있기 때문에,「ゼネ車入れた方がいいかもね。」에 들어 있는「ゼネ車を入れよう。」라는 권유를 알아차릴 수 있었다.

(4)에서 結衣는 巧가 캠핑을 좋아하는 것과 함께 가고 싶어 했던 것을 알고 있다는 상호이해가 있다.

(5)는 노로 젓는 보트로 체력을 소모하였다는 것을 서로 알고 있기 때문에「ドーナツ、いい店があるんですよ。」에 함의되어 있는「ドーナツを食べに行きましょう。」라는 권유를 알아차릴 수 있었다.

직접적인 권유표현을 사용하지 않아도 권유가 이루어지는 성립 요인은 '서로 공통의 이해가 있다'는 것이다. 상호 이해로 인해 관계가 이루어져 있기 때문에 화자의 발화에 함의되어 있는 권유의 의미를 상대방이 헤아릴 수 있는 것이다.

21. 인사말에 스며있는 일본어 변화의 흔적

【권경애】

일본어를 배울 때 제일 먼저 익히는 표현이 '하지메마시테'(はじめまして)일 것이다. 이어서 '오하요'(おはよう), '곤니치와'(こんにちは), '곤방와'(こんばんは) 등과 같은 인사말을 배우고 나면 얼른 일본인을 만나 사용해 보고 싶어진다. 그런데 '곤니치와'(こんにちは), '곤방와'(こんばんは)는 '오늘은', '오늘밤은'인데 왜 인사말이 되었지? 왜 말을 하다 말지?" 하는 궁금증을 유발한다. 또 'は'(ha)를 왜 '와'로 발음하지? 왜 '와'(わ)로 표기하지 않지? 등의 궁금증을 유발하게 된다.

이러한 인사말은 일본어의 특징, 일본어의 음이 변화한 흔적이라고 할 수 있다. 여기서는 인사말을 통해 일본어의 변화에 대해 살펴보기로 한다.

줄임 표현으로 만들어진 인사말과 표기법의 반영

일본어의 인사말은 뒷부분이 생략되어 있는 경우가 대부분이다. 가장 많이 쓰는 '오하요'(おはよう), 손님을 맞이할 때 쓰는 '요코소'(よう

こそ) 등도 앞 부분 이외의 부분을 생략하여 인사말 대신 쓰고 있다.

こんにちはごきげん(機嫌)いかがでしょうか。	오늘은 기분이 어떠하신가요?
こんばんは○○ですね。	오늘 밤은 (따뜻/쌀쌀…)하군요.
おはやく○○ですね。	일찍 (외출/등교…)하네요.
ありがとういただきました。	고맙게 받았습니다.
ようこそおこ(越)しくださいました。	정말이지 잘 와주셨습니다.
さようなら、これにてごめん(御免)。	그럼, 이만 실례하겠습니다.
ただいまかえ(帰)りました。	방금 돌아왔습니다.

먼저 '곤니치와'(こんにちは)나 '곤방와'(こんばんは)를 살펴보기로 하자. '곤니치와'(こんにちは), '곤방와'(こんばんは)의 '와'(は)는 '은/는'에 해당한 조사이다. 현대일본어표기법(現代仮名遣い)에 따르면 현대어의 'wa, e, o' 음은 '와(わ), 에(え), 오(お)'로 표기하지만 조사로 쓰이는 경우에는 '하(は), 헤(へ), 오(を)'로 표기한다고 한다. 이 규정이 생겨난 이유는 현대일본어표기법이 쓰이기 이전의 표기법(역사적 표기법, 歴史的仮名遣い)의 흔적 때문이다.

중고 시대(794~1185)부터 ハ[ha]행음(ハ・ヒ・フ・ヘ・ホ)이 어중 어말에서 ワ[w]행음화 하는 현상(ハ行転呼)이 일어났다. 당시의 어두 ハ[ha]행음은 일반적으로 양순 폐쇄음 [p](파/피/푸/페/포)에서 양순 마찰음[ɸ]음가(화・휘・후・훼・호)로 변해가는 과도기에 있었고, 이와 동반하여 어중 어말의 음이 ワ[w]행음화(와・위・우・웨・오)가 되게 된 것이다. 그러나 음의 변화가 완전히 정착되면서 일부 문헌에 ハ행음과 ワ행음 표기가 혼동을 보이는 양상이 나타나기도 했다.

역사적 표기법은 이러한 표기의 혼동을 없애고 음의 변화가 일어나기 전의 글자(가나)로 표기하는 것을 원칙으로 했다. 조사의 경우 단독으로 사용되지 않고 항상 명사에 붙어 사용되기 때문에 어중/어말에 준하며 따라서 ワ[w]행음화하여 발음했는데, 표기는 그대로 'は', 'へ'로 적었다.

1946년에 현대 일본어 발음에 준하여 표기하도록 현대일본어표기법이 제정되었지만 조사 'は', 'へ'는 표기를 그대로 두고 음만 현대어에 맞춰 [wa], [e]음으로 발음함으로써 조사임을 표시하게 된다. 이를 통해 일본어의 띄어쓰기 역할을 담당하고 있는 셈이다.

따라서 '곤니치와'(こんにちは), '곤방와'(こんばんは)의 'は'는 현대어로는 'ha' 음이지만 'wa'로 발음하는 것이고, 조사임을 표시하기 위하여 'わ[wa]'로 표기하지 않는 것이다. 즉, ハ행음의 ワ[w]행음화 현상과 역사적 표기법의 흔적이 현대일본어표기법에 남아있는 것이라 할 수 있다.

우(ウ) 음편과 장음화 현상

한편, 아침인사 '오하요'(おはよう)와 환영인사 '요코소'(ようこそ), 감사인사 '아리가토'(ありがとう)의 경우는 여타 인사말처럼 줄임말에서 온 것은 동일하지만 또 다른 음의 변화에 기인한 표현이다.

'오하요'(おはよう)는 '오하야쿠'(おはやく, 일찍), '요코소'(ようこそ)는

‘요쿠코소’(よくこそ, 잘[강조]), ‘아리가토’(ありがとう)는 ‘아리가타쿠’(ありがたく)에서 유래하였다.

이들의 공통점은 모두 ‘구’(く)가 ‘우’(う)로 바뀌었다는 점이다. 일본인들은 이것을 ‘음편’(音便) 즉, ‘음’(音)을 발음하기 ‘편하게’(便) 바꾸는 현상이라 불렀다. 일본어를 조금이라도 학습한 경험이 있는 사람이라면 ‘음편’이라는 용어를 들었을 때 동사에 て/te/ · た/ta/ · たり/tari/가 결합할 때 일어나는 동사 활용형을 떠올린다.

일본어의 세계에 ‘요코소’

이(イ[i])음편 : き/ki/ · ぎ/gi/ + て → い/i/て · いで

촉음편 : ち/chi/ · り/ri/ · い/i/ + て → って

발음편 : に/ni/ · び/bi/ · み/mi/ + て → んで

그런데 옛날에는 ‘구’(く)가 ‘우’(う)로 바뀌는 ‘우(ウ) 음편’도 많이 발생했다. ‘우(ウ) 음편’ 현상은 일본어의 표준어에 해당하는 도쿄 방언에서는 주로 형용사에 고자이마스(ございます)가 결합할 때 이외에는 거의 나타나지 않지만, 오사카나 교토 등의 관서 지방에서는 동사 활용형에서도 나타난다.

예를 들면 ‘会って’[atte], ‘買って’[katte]를 [o:te], [ko:te]로 발

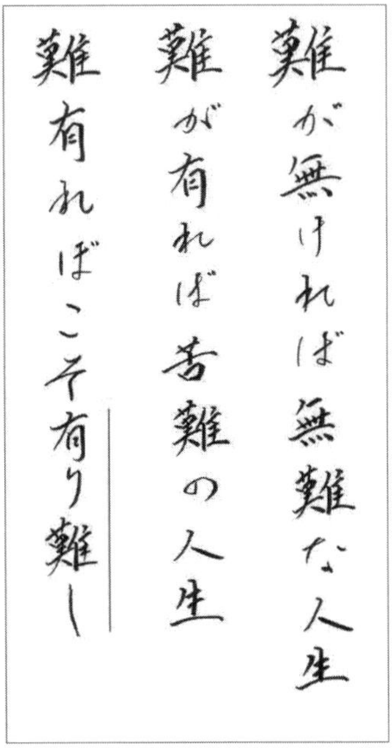

일본 오사카 구오지(大阪 九應寺) 게시판 글

음한다. 도쿄 지방의 촉음편(促音便)은 대부분 관서지방에서 우(ウ) 음편으로 나타나는 것이다.

'오하요'(おはよう), '아리가토'(ありがとう), 'ようこそ'(요코소)도 이러한 우(ウ) 음편 현상의 결과이다. 이중 아리가토(ありがとう)의 경우, 아리가타이(ありがたい)라는 형용사에서 왔다. 이것은 'あることが(有)むずかしい(難)' 즉, '존재하는 것이 어렵다', '좀처럼 없는 일이다'의 뜻인데, 중세 시대에 왕성했던 불교의 영향으로 '부처님의 자비와 같이 귀중하고 얻기 어려운 것을 내가 받고 있다'는 종교적 의미를 담고 있다. 그것이 점차 일반적인 감사, '그 어려운 것(일)을 내게 베풀어 준다'는 마음을 전하는 표현으로 쓰이면서 근세 이후에 인사말로 굳어진 것이다.

그런데 '우(ウ) 음편' 현상은 단순히 '구'(く) 음이 '우'(う) 음으로 변화한 것만으로 역할을 끝낸 것이 아니다. 오하야우(おはやう/yau/), 아리가타우(ありがたう/tau/)처럼 모음이 연속되면서 '야우'(やう), '타우'(たう)가 /yoː/ /toː/로 바뀌는 '오(オ)단 장음화' 현상을 낳게 된다. 현대가나표기법이 제정되기 전까지 쓰였던 역사가나표기법에서 /au/는 [아(あ)단 가나]+[우(う)]로 표기하였고 /ou/는 [오(お)단 가나]+[우(う)]로 표기하였는데, 이것이 현대에도 오(お)단 장음을 우(う) 음으로 표기하는 습관으로 남아 있다. 예를 들면 王 와우(わう)>오우(おう,/o:/), 東 토우(とう,/to:/)가 있다.

이렇게 '오하야쿠'(おはやく), '아리가타쿠'(ありがたく)가 '우(ウ) 음편'과 '오(オ)단 장음화'라는 두 현상을 거치면서 '오하요'(おはよう), '아리가토'(ありがとう)가 되어 독립적인 인사말로 정착하게 된다.

축하 인사 '오메데토'(おめでとう)도 '메데타이'(めでたい,경사스럽다)라는 형용사에 '오'(お)가 붙어서 '오메데타쿠 아리마스네'(おめでたくありますね)에서 줄여서 '오메데타우'(おめでたう)>'오메데토'(おめでとう)로 굳어진 인사말이다. '오하요'(おはよう)와 '오메데토'(おめでとう)는 인사말이 되면서 오(お)와 떨어질래야 떨어질 수 없는 관계가 되어 버렸으므로 '오'(お)없이는 인사말이 되지 않는다는 사실도 기억하길!

한편 '요코소'(ようこそ)의 '요'(よう)도 요쿠(よく)에서 '우(ウ) 음편'과 '오(オ)단 장음화'를 거쳐 만들어졌는데, '코소'(こそ)는 강조의 의미를 더하는 조사로 '~이야말로', '정말이지~'로 해석할 수 있다.

끊임없이 줄어드는 인사말과 다양한 표현

그 밖에도 헤어질 때 하는 '사요나라'(さようなら)라는 인사말도 「さようなら(ば)これにて御免」(그럼 이것으로 물러가겠습니다)이라는 말에서 왔다. 인사말로 정착되는 과정에서 '사요나라바'(さようならば)의 '바'(ば)도 생략되는 것이 일반적인데, '사요'(さよう)의 우(う)까지 줄여서 '사요나라'(さよなら)로 쓰기도 한다.

'사요나라'(さようなら)는 처음에 남성들이 주로 썼던 인사 표현이고, 여성들은 주로 '고키겐요'(ご機嫌よう)를 사용했다고 한다. 이것도 「ご機嫌よくお過しですか」(기분 좋게 지내고 계십니까?)에서 온 준말이다. 그런데, '사요나라'(さようなら, さよなら)라고 하면 다시는 만나지 못할 정도로 오랜 기간 헤어질 때 하는 인사말이라는 느낌이 든다고 하여 현대어에서는 자주 만나는 동료들에게 가볍게 '쟈네'(じゃね) 또는 '쟈, 마타'(じゃ、また)로 인사하는 것이 보통이다. 여기에서의 '쟈'(じゃ)도 '소레데와'(それでは), '소레쟈'(それじゃ)의 줄임말이니, 일본인들은 참으로 줄임말을 좋아하는 것 같다. 요즘 젊은이들이 쓰는 아침 인사 '옷스!'(オッス!)나 '하요!'(ハヨ!)는 너무 줄인 듯해서 외국인으로서는 쓰기 힘들겠지만, 써 보면 일본인들에게 한 발짝 더 다가간 느낌이 드는 것도 사실이다 .

마지막으로 외출에서 돌아왔을 때 하는 '다다이마'(ただいま)라는 인사말도 「ただいまかえ(帰)りました」(방금 돌아왔습니다)의 줄임 표현으로 만들어진 것이다. 그런데 일본 센다이(仙台) 지방에서는 귀가 때만 쓰는 것이 아니라 외출할 때도 '다다이마'(ただいま)를 썼다고 하고, 야마나시(山梨) 지방에서는 오후에 사람을 만났을 때의 인사말로 ただいま를 썼다고 하니 흥미롭다.

이렇게 다양한 표현으로 사용되는 이유는 아마도 '다다이마'(ただいま)가 아래와 같이 다양한 시간대를 타나내는 표현이라는 사실과 관련이 있을 것이나, 이에 대해서는 언급하는 정도로 그치겠다.

① 지금. 현재

ただいま、かえ(帰)ってきたところです。방금 귀가한 참입니다.

② 아주 가까운 과거. 방금 전

ただいま、ロビーにつ(着)いております。

지금 로비에 도착해 있습니다.

③ 아주 가까운 미래. 바로

ただいま、お持ちします。

바로 가져오겠습니다.

이처럼 일본어의 인사말은 일본어가 변화해 온 역사를 엿볼 수 있을 뿐 아니라 일본인들의 언어문화 양상을 살펴볼 수 있는 자료라 할 수 있다.

22. あなたは 언제부터 사용되었을까?

【민승희】

고전 인문학에서는 고어의 역사적 변천, 의미의 변화, 형태의 변화 등을 연구하는 분야가 있다. 예를 들면, 'oratio'라는 라틴어 단어는 고전 시기에는 '연설, 말할 수 있는 힘'이라는 뜻으로 쓰였지만, 중세 이후에는 '기도'라는 의미로 쓰이게 되었다.

아래의 〈표1〉은 500년~1000년대 사이에 기도하는 의미로 쓰이는 비중이 늘어났음을 표시하고 있다.

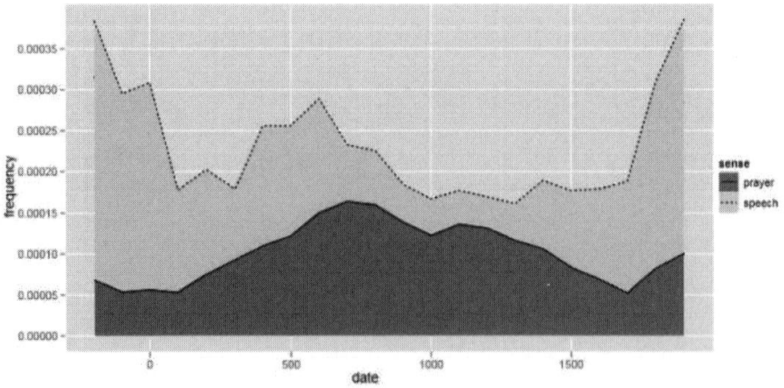

〈표1〉 'oratio'의 의미변화

〈표1〉에서 'oratio'라는 단어의 의미가 변화한 것처럼, 일본어 인칭대명사 'あなた' 또한 고어에서의 의미와 현대어에서의 의미는 동일하지 않다.

'あなた'는 언제부터 사용되었을까? 고어에서는 어떤 의미로 사용되었고, 현대어와 같은 의미로 사용된 것은 언제부터이며, 그 의미변화의 원인은 무엇일까? 그 의문을 풀기 위해, 먼저 'あなた'의 고어 용례부터 살펴보겠다.

(예1)과 같이, 고어에서 'あなた'는 2인칭대명사가 아닌 다른 의미로 사용되었다.

(예1) 雪の降りけるを、よみける　　清原深養父

冬ながら空より花の散りくるは雲のあなたは春にやあるらむ。

－『古今和歌集』330

위 노래는 『고킨와카슈』(古今和歌集)에서 겨울을 노래하는 와카(和歌)인데, '雲のあなた'는 '구름너머 저쪽'이란 뜻으로, 'あなた'는 '저기'(あちら) 또는 '저쪽'(向こうのほう)라는 의미로 사용되고 있다.

또한 『겐지 모노가타리』(源氏物語)에서 'あなた'는 (예2)과 같이 '미래'(未来)의 뜻으로 쓰기도 한다.

(예2) この君の生まれ給ひし時に契ふかく思ひ知りにしかど、目の前に見えぬあなたの事はおぼつかなくこそ思ひわたりつれ

－『源氏物語』若菜

세이나쇼곤(清少納言)이 헤이안(平安)시대 중기에 쓴 『마쿠라소노시』(枕草子)에는 아래 (예3)와 같은 용례도 있다. (예3)에서 'そがあなた夜も'는 'そのまた以前の夜も'의 뜻으로 여기에서 'あなた'는 '이전'(以前), '과거'(過去)의 뜻으로 쓰이고 있다.

(예3) さあらむを、昨夜も、昨日の夜も、そがあなたの夜も、すべてこのごろ、うちしきり見ゆる人の、今宵いみじからむ雨にさはらで来たらむは、なほ一夜もへだてじと思ふなめりと、あはれなりなむ。

－『枕草子』274段

그리고 아래의 (예4)와 같이, 'あなた'가 'あのかた', 'あちらの人'라는 의미로 쓰인 용례, 즉 제3자를 가리키는 뜻으로 사용된 용례가 『오치쿠보모노가타리』(落窪物語)에 보인다.

(예4)는 中納言이 落窪에게 와서 '그 분' 즉 '北の方'의 말에 따르지 않은 것을 꾸짖는 장면으로, 여기서 'あなた'는 '그 분'이라는 의미로 사용되고 있다. 'あなた'는 이 예문에서 손윗사람인 제3자를 가리키는 표현으로, 역시 현대어와 같은 2인칭대명사로서의 'あなた'의 용법은 아니다.

(예4) いなや、この落窪の君のあなたにの給ふことに従はず、あしかんなるはなぞ。

-『落窪物語』

도쿠가와(徳川) 시대의 가부키(歌舞伎)와 조루리(浄瑠璃) 등에 사용된 'あなた'를 보더라도 현대어와는 달리 제3자를 지칭하는 어휘로 사용되는 것이 일반적이고, 2인칭대명사로 사용된 예는 찾아보기 힘들다. 'あなた'가 2인칭대명사로 사용된 용례는 아래의 (예5)과 같은 호레키(宝暦,1751~1764)경부터의 서적에서 찾아볼 수 있다. 『難波丸金鶏』는 1759년에 초연된 조루리(浄瑠璃)이다.

(예5) 夫に付いてあなたへ御無心、私が父様がお預りの姫君は……

-『難波丸金鶏』

에도(江戸)시대 중기 이후에는 현대어와 같이 2인칭대명사로서의 'あなた'의 용법이 확립되어 일반적으로 사용되었음을 (예6)이나 (예7)로부터 알 수 있다. (예7)은『우키요부로』(浮世風呂)의 널리 알려진 대화 부분으로, 부인 2명이 상당한 교양을 갖추고 품격있는 대화를 하는 분위기에서 상대방을 'あなた'라고 부르고 있다. 다시 말하면, 상대방에 대한 높임과 정중의 표현으로 'あなた'를 사용하고 있어서, 당시 'あなた'가 높은 경의도를 나타내고 있었음을 짐작할 수 있는 용례이다.

(예6) 殿さま、どふぞあなたのお取なしで……

-『傾城天の羽衣』

(예7) 本居神仰にていにしへぶりの物まなびなどすると見えて、物しづかに人がらよき婦人二人 あなたはひなぶりをもお詠みなさるさうでございますネ。

ハイサ、もう、お恥かしい事でございます。あまり本歌で退屈いたす時はなぐさみがてら俳諧歌をいたしますが、何もうお恥かしい。

－『浮世風呂』3編下

'あなた'의 의미변화 및 사용례를 역사적으로 살펴본 바와 같이, 'あなた'는 처음 지시대명사로부터 출발하여, 현재와 같은 2인칭대명사로서의 위치를 확립하게 되었다.

그렇다면 'あなた'는 경의의 의미를 지니지 않는 지시대명사 '저쪽' 등의 의미에서, 어떻게 현재와 같은 경의를 지니게 되었을까? 이와 같은 또 한 가지의 의문이 생기게 된다. 'あなた'는 처음 'あちら' 또는 '向こうのほう'의 의미였으므로 분명 비경어였고, 에도시대부터는 경의를 나타내는 경어로 변화하였다. 어떻게 'あなた'는 경의를 나타내는 어휘로 발전할 수 있었을까? 그 의문에 대한 해답을 찾아보도록 하겠다.

위의 (예1), (예2), (예3)에서 쓰인 'あなた'가 경의의 의미를 포함하고 있다고 말하기는 어렵지만, (예4)의 'あなた'는 비록 2인칭대명사는 아니지만, 분명 대등 또는 손윗사람을 가리키면서 경의를 내포하고 있다고 할 수 있다. 또한, 아래의 (예8)에서 화자인 かも子는 청자에게 'あなた'와 더불어 'おまへさん'을 같이 사용하고 있으며, 문말 술어에서 '道でございます'나 'お這入なさりますか'와 같이 경의도가 높은 술어를 사용하고 있다. 이러한 2가지 점에 근거하여, 'あなた'가 당시 상당히 높은 경의를 나타내는 2인칭대명사로 사용되었음을 확실히 알 수 있다.

(예8) かも子：何<u>おまへさん</u>。いづれ雅の道でございますのを、ヲホ。(中略)
<u>あなた</u>お這入なさりますか。
けり子：ハイ、まづおさきへ

－『浮世風呂』3編下

경의도가 전혀 없는 비경어인 'あなた'가, 인간관계에 기초하는 표현의 장에 들어와 비로소 경어로서의 성격을 가지게 된 것이다. 예를 들면, 'あなた'는 본래 어떤 방향이나 장소를 나타내는 표현이었고, 'さしあげる'는 아래에서 위로의 운동을 나타내는 표현이었다는 것은 역사적 사실이다.

그런데 점차 시간이 지나면서, 'あなた'는 직접적으로 나타내는 것을 피하는 점에 기인하여 사람을 나타내는 어휘로 전용되었고, 'さしあげる'는 공간적 상하관계를 신분적 상하관계에 적용하여, 모두 경어로서의 의미를 띄게 되었다. 즉 'さしあげる'는 공간적 상하관계가 언어로서의 상하관계로 확장되어 의미를 지니게 되었다고 해석할 수 있다.

여기서 주목할 만한 것은, 'あなた'가 비경의어에서 경의어로 변화하게 된 계기가 직접적으로 나타내는 것을 피하기 때문이라는 점이다. 과연 일본어가 아니어도, 일본인 특유의 문화가 적용하지 않았어도 가능한 일일까? 영어권 사회였다면, 장소나 방향을 나타내는 어휘가 경의어로 변화할 수 있었을까?

영어권 사회였다면, 'あなた'와 같은 어휘가 비경어에서 경어로 변화하기는 불가능했을 것으로 생각한다. 영어권 사회에서 상대방을 부를 때 이름을 사용하는 일은 흔한 일이다. 그리고 상대방이 손윗사람인 경우에도 이름을 사용하기도 한다.

학생이 지도 교수님을 부르는 경우를 예를 들어 보면, 교수님 성함이 'Bill Darden'일 때, 'Professor Darden'이라고 부르다가 둘 사이의 관계가 격의 없이 매우 친밀해지면 'Bill'이라고 부를 수도 있다. 하지만 일본에서는 학생이 지도 교수님 이름을 부르는 일은 상당한 결례로 불가능하다. 이는 이름을 부르는 것을 삼가는 관습과 특히 윗사람을 명확하게 지칭하는 것은 실례라는 일본의 뿌리 깊은 사고방식이 관여하고 있다.

이와 같은 사고방식이 반영되어, 'あなた'가 비경어에서 경어로 변화할 수 있었던 것이다. 특히 손윗사람을 정확하게 표현하기보다는 확실하지 않게 다른 표현으로 말하는 것이 더 배려이고 존중이라는 생각이 언어에도 반영되어 'あなた'는 지시대명사에서 인칭대명사가 되면서 경의를 지니게 된 것이다. 이러한 기능을 'ぼかす働き'라고도 한다. 문화란 사상, 종교, 규범, 가치관 등을 모두 포괄하는 사회 전반의 생활양식이라고 하는데, 'あなた'는 그 변화과정에 일본인의 가치관, 규범 즉 일본의 문화가 언어에 녹아 있는 용어라고 할 수 있다.

시대에 따라 기존 어휘의 의미는 변화하거나 사라지고 새로운 어휘가 등장하기도 한다. 이러한 어휘가 의미의 축소, 확대, 분화하는 과정에서 여러 문화적 의미를 전달하게 된다. 'あなた'가 지니는 의미의 역사적 변천 과정을 살펴보면, 'あなた'에 일본인의 사고방식이 영향을 미치고 있음을 알 수 있으며, 특히 경어에 미친 일본의 문화적 측면을 엿볼 수 있다.

23. 키리시탄 종교서는 원어 투성이

【정현혁】

여러분은 '제우스'하면 무엇이 연상되는가? 아마도 한국인이라면 그리스 신화에 나오는 신들의 왕으로 인식하는 것이 일반적일 것이다. 하지만 일본에서는 기독교가 처음 일본에 전래된 16세기초부터 '제우스'(デウス)라는 용어가 기독교 교리서를 비롯해 당시 기독교(가톨릭)에서 일반적으로 사용되었다.

이 당시의 신자들을 키리시탄이라고 하였다. 본래 키리시탄하면 기독교도 전반을 가리키는데, 실질적으로는 일본 전국시대(戦国時代) 이후 일본에 전래된 가톨릭교 신자나 전도자를 말한다. 이 키리시탄들은 다양한 계층과 직업을 가진 사람들로 지식이 풍부한 사람들만은 아니었다. 그러한 그들에게 제우스와 같은 라틴어는 생소한 언어였음에는 틀림이 없다. 왜 이렇게 어려운 원어를 키리시탄들이 사용하는 기본적인 교리서 등에 사용을 한 것일까.

16세기 기독교를 전파하기 위해서 일본에 온 예수회 선교사들은, 도요토미 히데요시(豊臣秀吉)의 선교사 추방령(バテレン追放令)이 내려

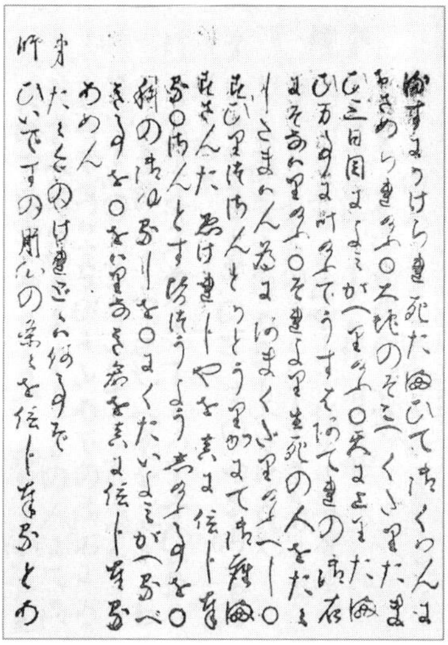

25裏

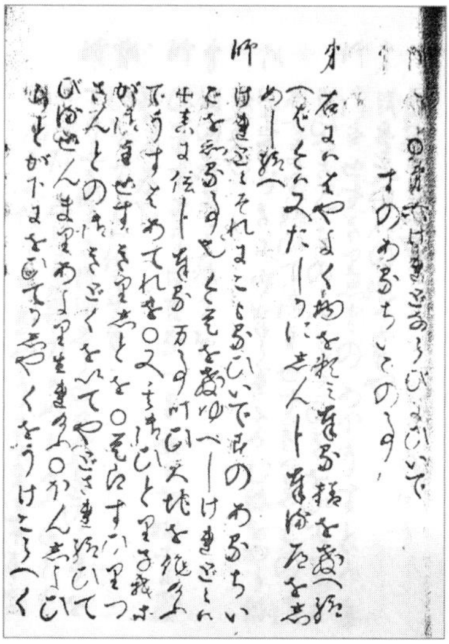

25表

『どちりいなきりしたん』(バチカン図書館蔵, 1591年頃刊)

지자 종교서 등을 만들어 문서전도를 시작하게 되었다. 이때 만들어진 문헌을 '키리시탄 문헌'이라고 하는데 그 종류는 복음전도를 위한 종교서와 선교사들의 일본어 학습을 위한 일본어 학습서로 나눌 수 있다.

원어가 당시의 교리서에 어느 정도 사용되어 있었는가를 보기 위해 1591년 간행된 키리시탄의 가장 기본적인 교리서인『도치리나키리시탄』(どちりいなきりしたん) 국자본에 보이는「사도신경」을 소개하면 다음과 같다.

[けれど]

真に信じ奉る。万事叶ひ、天地を作玉ふでうすぱあてれを○又其ひとり子我等が御主ぜすきりしとを○此即すひりつさんとの御きどくを以てやどされ給ひて、びるぜんまりあより生まれ玉ふ○ほんしよひらとが下にをひて、かしやくをうけこらへ、くるすにかけられ、死たまひて御くはんにおさめられ玉ふ○大地のそこへくだりたまひ、三日目によみがへり玉ふ。○天に上りたまひ、万事に叶玉ふでうすはあてれの御右にそなはり玉ふ○それより生死の人をたたしたまはん為に、あまくだり玉ふべし○すぴりつさんと、かとうりかにて御座ますさんたゑけれじやを真に信じ奉る○さんとす皆つうようし玉ふ事を○科の御ゆるしを○にくたいよみがへるべき事を○をはりなき命を真に信じ奉る。あめん。

이「사도신경」은 현재 교회나 성당에서의 예배 시에 인도자와 함께 성도들이 모두 목소리를 맞추어 소리내어 외우는 가장 기본적인 기도 중의 하나이다. 이「사도신경」은 현대에도 다음과 같이 격조 높은 문어체를 그대로 사용하고 있다.

[使徒信条]

我は天地の造り主、全能の父なる神を信ず。我はその独り子、我らの主、イエス・キリストを信ず。主は聖霊によりてやどり、おとめマリヤより生まれ、ポンテオ・ピラトのもとに苦しみを受け、十字架につけられ、死にて葬られ、陰府にくだり、三日目に死人の内よりよみがえり、天にのぼり、全能の父なる神の右に座したまえり。かしこよりきたりて生けるものと死にたる者とを審きたまわん。我は聖霊を信ず。聖なる公同の教会、聖徒の交わり、罪のゆるし、からだのよみがえり、とこしえの命を信ず。アーメン

물론 한국에서의 「사도신경」도 일본과 마찬가지로 오랜기간 격조 높은 문어체를 사용해 오다가 근래들어 알기쉬운 새번역 구어체를 사용하게 되었다. 한국에서의 「사도신경」을 제시하면 다음과 같다.

「사도신경」

전능하사 천지를 만드신 하나님 아버지를 내가 믿사오며, 그 외아들 우리 주 예수 그리스도를 믿사오니, 이는 성령으로 잉태하사 동정녀 마리아에게 나시고, '본디오 빌라도'에게 고난을 받으사, 십자가에 못박혀 죽으시고, 장사한 지 사흘 만에 죽은 자 가운데서 다시 살아나시며, 하늘에 오르사, 전능하신 하나님 우편에 앉아 계시다가, 저리로서 산 자와 죽은 자를 심판하러 오시리라. 성령을 믿사오며, 거룩한 공회와, 성도가 서로 교통하는 것과, 죄를 사하여 주시는 것과, 몸이 다시 사는 것과, 영원히 사는 것을 믿사옵나이다. 아멘.

「사도신경」(새번역)

나는 전능하신 아버지 하나님, 천지의 창조주를 믿습니다. 나는 그의 유일하신 아들 우리 주 예수 그리스도를 믿습니다. 그는 성령으로 잉태되어 동정녀 마리아에게서 나시고, 본디오 빌라도에게 고난을 받아 십자가에 못박혀 죽으시고, 장사된 지 사흘만에 죽은 자 가운데서 다시 살아 나셨으며, 하늘에 오르시어 전능하신 아버지 하나님 우편에 앉아 계시다가, 거기로부터 살아 있는 자와 죽은 자를 심판하러 오십니다. 나는 성령을 믿으며, 거룩한 공교회와 성도의 교제와 죄를 용서받는 것과 몸의 부활과 영생을 믿습니다. 아멘.

16세기 『도치리나키리시탄』의 「사도신경」과 현재 일본의 「사도신경」은 내용은 대동소이하지만 전자에서의 원어사용이 눈에 띄게 많음을 볼 수 있다. 예를 들면, けれど(Credo 라틴어. 信条, 使徒信経), でうす(Deus 라틴어. 神.天主), ぱあてれ(Pater 라틴어. 父), ぜすきりすと(Jesu Christo 포르투갈어. 예수 그리스도), すひりつさんと(Spiritu Santo 포르투갈어. 聖霊), びるぜん(Virgem 포르투갈어. 処女), くるす(Crus 포르투갈어. 十字架), かとうりか(Catholica 라틴어. 普遍的, 世界的), さんた(Santa 포르투갈어. 聖なる), ゑけれじや(Ecclesia 라틴어. 教会), さんとす(Santos 포르투갈어. 聖人), あめん(Amen 라틴어. '확실히 그렇게 되기를'의 뜻)이다.

물론 기도를 외우면 되기 때문에 원어의 의미까지는 알 필요가 없었다고 생각할 수도 있겠지만, 의미를 모른 채 외우는 것에는 한계가 있었으리라 판단된다. 어려운 원어를 번역하여 전달하는 방법도 있었으리라 판단되는데도 원어를 그대로 고집하며 사용한 데는 그 나름대로의 이유가 있었던 것은 아닐까 하는 생각이 든다.

그 이유는 처음 일본에 복음을 전하기 위해 1547년 가고시마에 상륙하여 복음을 전한 프란치스코 하비에르(Franciscus Xaverius)에 기인한다.

일본어가 서툴렀던 하비에르는 당시 포르투갈어를 할 수 있었던 35세의 일본인 안지로(アンジロー)를 만나게 되어 일본어의 도움을 많

이 받게 된다. 당시 하비에르는 일본에서의 복음을 효과적으로 전하기 위해서는 신의 이름을 비롯해 기독교의 중요한 개념을 포르투갈어나 라틴어로 표현해야 할지, 그것에 해당하는 일본어로 바꾸어서 표현해야 할지 선택의 기로에 서 있었다. 이 선택의 기로에서 하비에르는 후자를 택하게 된다. 일본인 자신의 말로 하면 옛날부터 내려온 이교도적 해석과 결합되는 위험은 있지만 단순한 사람들에게는 쉽게 이해시킬 수 있다는 점이 우선했기 때문이다.

안지로(アンジロー)로부터 '大日'에 관한 설명을 듣고 불안을 느끼면서도 기독교의 신을 '大日'이라는 말로 표현하고 이 용어를 설교에 이용했다. 하지만 하비에르는 이 용어가 기독교의 신과는 같지 않은 부분이 있음을 알게 된다.

이 상황을 콘스탄티오 신부는 1618년 12월 25일자로 마카오에서 총장 앞으로 보낸 이탈리아문 서간에 자신의 주장을 기술하고 있다. 그 내용 중에는 하비에르가 신(神)을 '大日'이라고 하는 불교어로 번역하여 설교를 했기 때문에 야마구치(山口)에서 맛본 쓰라린 경험을 귀중한 예로써 다음과 같이 지적하고 있다.

> 일본에서 사람들이 말하는 것에 의하면 베아토, 파드레, 프란치스코 · 하비에르는 밤마다 정해놓고 어떤 장소에 나가 '大日を拝みあれ'(Dainichi uo uogami are.)와 같이 외쳤다. 아마도 그는 이 문구가 태양, 즉 태양이라고 하는 신을 숭배하라라는 뜻으로, 기독교의 신을 나타낸다고 믿고 있었기 때문일 것이다. 하지만 이 말의 숨겨진 의미를 알고 있던 민중은 그 점에

대해서 넌지시 가르쳐 주어 하비에르를 놀라게 한 것이다. 숨겨진 의미라는 것이 사람을 가리키는데 남자와 여자를 의미하며, 그것도 그 신체의 중앙부에 해당하는 부분을 가리키는 것이었다. 그래서 하비에르는 그 후 같은 장소에 가서 '大日な拝みあっそ'(금지의な-そ)라고 외쳤다.

결정적으로 '大日'을 금지하게 된 것은 1551년 봄, 하비에르가 오우치 요시타카(大内義隆)를 알현했는데 이때 동석한 스님과의 만남이었다. 이 스님은 진언종(真言宗)이라고 하여 위대한 태양이라고 하는 의미로 '大日'(Dainichi)라고 하는 본존을 숭배하는 종파의 사람이었다. 이 스님은 제우스가 가진 특질이 '大日'과 비슷하다고 하여 기뻐하였는데, 하비에르는 삼위일체의 현의(玄義) 등에 대해 스님에게 물은 결과 '大日'과 제우스는 근본적으로 다름을 알게 된 것이다. 이것이 계기가 되어 하비에르는 노방설교를 하는 존 페르난데스에게 명해 '大日を拝むな、大日を神と思うな'(다이니찌를 숭배하지 마라. 다이니찌를 하나님이라 생각하지 마라)를 전하게 하였다.

특히 하비에르는 일본인들이 신(神)에 대해서 전혀 모른다고 하는 것을 알았을 때, 일본인에게 있어서 전혀 새로운 신을 설명할 때는 그 신을 나타내는 본래의 말에 의할 수 밖에 없다는 결론에 도달하게 되었다. 그래서 '大日'을 바꾸어 라틴어인 Deus라든지 스페인어인 Dios를 사용하기에 이르른 것이다.

이것이 계기가 되어 1591부터 간행되기 시작한 키리시탄 종교서 문헌에는 기독교 용어가 모두 원어 그대로 반영되게 된 것이다. 예를

들면 일본 국내에서 출판된 로마자본『Sanctos no Gosagveo no vchi Nuqigaqi』(1591년 간행), 『Fidesu no Dŏxi』(1592년 간행), 『Doctrina Christan』(1592년간행), 『Contemptvs Mvndi jenbu』(1596년 간행), 『Doctrina Christan』(1600년 간행), 『Spiritval Xvgvio』(1607년 간행)과, 국자본『どちりいなきりしたん』(1591년경 간행), 『ばうちずもの授けやう』(1592년경 간행), 『サルバトル・ムンヂ』(1598년 간행), 『ぎやどぺかどる』(1599년 간행), 『どちりなきりしたん』(1600년 간행), 『おらしよの翻訳』(1600년 간행), 『こんてむつすむん地』(1610년 간행), 『ひですの経』(1611년 간행)가 여기에 해당된다.

당시의 일본인 키리시탄 중에 수도사(イルマン)가 된 사람은 이러한 원어를 이해했겠지만 대다수의 일본인 키리시탄은 원어의 심오한 뜻을 이해하기가 힘들었을 법하다. 이것을 입증이라도 하듯이 당시 일본인 키리시탄들이 고해성사를 할 때 그것을 집행하던 일본인들이 사용하던 요약집인『사루바토루문지』(サルバトル・ムンヂ, 1598년 간행)의 권말부에는, '※此一くはんの内初心の人々分別しがたがるべきことばの心ををよそあらはす者也'(이 일권 중에 초심자들이 분별하기 어려울 법한 말의 의미를 대략 나타내는 것이다)라고 하여 35개의 원어를 들어 간략히 설명을 달고 있는 것을 확인할 수 있다.

이처럼 번역의 오류가 얼마나 큰 영향력을 끼치는가를 우리는 이 사건을 통해 알 수 있다. 또한 번역이 단순한 의미 번역이 아닌 더 깊은 뉘앙스까지 고려한 신중함이 필요하다는 것도 시사하고 있다.

24. 일본의 보통사람(普通の人)은 어떤 사람?

【강경완】

만약 한국어를 배우는 외국인이 '보통사람이란 어떤 사람인가요?' 라고 나에게 묻는다면 뭐라고 대답해야 할까? 과거 권위주의를 청산하는 80년대 후반에 '위대한 보통사람의 시대'라는 슬로건을 내걸고 평범한 사람이 나라의 주역이 되는 서민의 시대를 열어가겠다는 캠페인이 있었다. 왜 굳이 '위대한 보통사람의 시대'라는 표현을 썼을까 곰곰이 생각해보면 '특별하지 않고 흔히 볼 수 있는, 뛰어나지도 열등하지도 아니한 중간 정도의 사람'(표준국어대사전)이라는 사전적 의미에 더하여 '우리 주변에서 흔히 볼 수 있는 특별한 능력이나 지위에 있지 않은 사람이 위대한 일을 이루어 내거나 시대를 이끄는 주인공이 되기는 어렵다'와 같은 한국 사람들의 보편적인 생각, 상식이 반영되어 있다는 것을 알 수 있다.

단어가 나타내는 사물이나 관념을 둘러싼 사회의 현실이 그 단어의 고유한 사용방식(usage pattern)을 만들어내고, 반대로 현실을 반영하는 단어의 패턴이 그 단어가 지칭하는 사물이나 관념에 관한 고정

관념(stereotype)을 형성해가는 순환적 상호작용은 구조주의 언어관을 뛰어넘어 비판적 언어학, 페미니즘언어학 등의 구축주의 언어관의 근간을 이루고 있다.

예를 들어 「リンゴのようなほっぺた」, 「女らしい優しさ」와 같은 용례가 자연스럽게 느껴진다면 푸른 사과나 거친 성격의 여자가 존재함에도 불구하고 'リンゴ=赤い', '女=優しい'라는 고정관념이 일본사회에 깊게 뿌리내리고 있다는 방증이 된다. 마찬가지로 부모를 공경하고 규칙을 지키는 다수 일본인의 행동이 「子供が親の居場所を知らないなんて情けない話だ。日本人として恥ずかしい」, 「お前らどこの何人だ。日本人ならルールを守れ」와 같은 용례를 만들어내고, 이러한 '日本人'이라는 단어의 긍정적인 사용방식은 일본인들에게 자식의 도리를 다하고 사회적인 룰을 준수하는 행위가 일본인다운 덕목이라는 것을 자연스럽게 받아들이게 만든다. 마찬가지로 일본어 '普通の人'의 전형적인 사용방식에는 다음과 같이 보통사람을 바라보는 일본인들의 보편적인 생각과 가치관이 담겨 있다고 할 수 있다.

(1) 전문적인 지식, 인식, 관심, 판단, 행동이 어려운 사람

- だけど、普通の人は法律的なことも何も知らない。
- 重々しい法廷で、普通の人が判断できますか？
- 普通の人には人に教えるような技能などないというのでしょう。
- やはり普通の人にはパソコンでインターネットに接続するのは難しいのかも。

(2) 참신하지 못하고 평범한 판단이나 행동을 하는 사람

• 普通の人が思いもつかない発想だった.

• 普通の人なら8, 9割でいいというところを、彼は100%でないと満足できなかった。

• 私は書評の王道である文学を全然取り上げておらず、むしろ普通の人は取り上げない、変なものばかりやってきたので、そういう雑多さ、好奇心が評価されたのでしょう。

(3) 특별한 능력이나 경험, 용모를 갖추지 못한 사람

• 普通の人は、あそこまでの練習には耐えられませんから。

• ただ意味あいは異なり、普通の人には見えないものが見えたり、聞こえないものが聞こえてしまうような感覚を指すようだ。

• 父と一緒の五輪なんて普通の人はなかなか経験できない。

• 登場するのはオシャレでも、カッコいいわけでもない普通の人々だ。

(4) 상식적인 감각을 지니고 도덕과 모럴을 지키는 사람

• 当たり前のことが、当たり前として考えられる世の中、普通の人の常識が通る世の中であってほしい。

• 偶然聞こえてもそれを聞き続けてしまったら、盗み聞きであり、普通の人はしない。

• 笑顔であいさつできる普通の人で、逮捕は信じられない。

• 普通の人なら、暴力で人を支配しようとすることに対し、激しい怒りを覚えるでしょう。

(5) 심신이 건강하고 통상의 행동이나 생활이 가능한 사람

- 普通の人よりも、物音を聞き分ける能力の低下していることを難聴といいます。
- ぜんそくは、適切に治療すれば普通の人と同じ生活ができる病気です.
- バリアフリーとは、障害のある人たちが普通の人と同じように地域社会で生きていくためのさまざまな障壁(バリア)をなくしていこうという考え。
- 障害者は普通の人。なんでもできる。かわいそうな人ではない。

(6) 전쟁이나 실정, 사건사고로 피해를 입는 사람

- 普通の人たちが被害に遭うという、戦争の現実を知らされた。
- 借地契約が固定化、借家の供給が限定され、日本の住宅事情がゆがみ、自然災害へのリスクを普通の人に負わせることになってしまった。
- あるのは事故の中で混乱し、途方にくれ、憤慨し、それでも生きたいと願った普通の人々の体験を記録した声だけだ。
- 犯人は面白がってやっているのではないか。狙われたのも普通の人ばかり。

위의 예를 통해 보통사람을 바라보는 일본인들의 다층적인 가치관을 살펴볼 수 있다. (1)(2)(3)에서 알 수 있듯이 전문성과 참신함, 능력

「저는 그냥 보통사람입니다.」

이나 용모의 측면에서는 '보통'이라는 상태를 부정적으로 인식하고 있는 반면, (4)(5)와 같이 심신의 상태나 행동양식의 관점에서는 '보통사람'을 긍정적으로 바라보고 있다. 한편 보통사람=피해자라는 동정적인 인식 또한 확인할 수 있다. 보통사람을 바라보는 일본인들의 다층적인 가치관은 다음과 같은 표현을 자연스럽게 사용하게 하고 또 당연하게 받아들이게 만든다.

- 登場人物が『普通の人』なのに、とても魅力的ですね。
- 行く前は(日本は)性や暴力の情報があふれた、怖い国だと思っていた。でも行ってみると普通の人が普通に暮らす国だった。
- 普通の人々が日本を変えていかなくてはなりません。

그리고 이러한 언어적 자연스러움은 보통사람에게 부여된 기존의 스테레오 타입, 가치관을 더욱 강화시키게 된다. 일본의 보통사람은 능력이나 외모가 뛰어나거나 참신하지는 않으나, 몸과 마음이 건강하며 상식적이고 선량한 사람이다. 그리고 이들은 안타깝게도 전쟁이나 사건사고 등의 피해를 입는 일이 많다.

25. 일본의 통신언어 속의 'ㅎㅎㅎ'

【최현필】

우리들의 일상에서 인터넷과 스마트폰 없는 생활은 상상할 수조차 없게 되었다. 이는 우리들의 언어생활에도 영향을 미쳤고 일본어에 있어서도 마찬가지다. 이러한 인터넷과 스마트폰을 이용하는 언어를 '우치코토바'(打ちことば:통신언어)라고 부른다. 즉, 음성을 매개로 하는 언어는 '하나시코토바'(話しことば:음성언어), 문자를 매개로 하는 언어는 '가키코토바'(書きことば:문자언어), 그리고 인터넷이나 스마트폰을 이용해서 키보드나 버튼을 '치는'(打つ) 행위를 매개로 하는 언어가 '우치코토바'라고 할 수 있다.

'우치코토바'는 한국어에서는 일반적으로 통신언어라고 칭한다. 이 글에서는 편의상, '우치코토바'를 '일본의 통신언어'라고 부르고자 한다. 참고로 이후 이 글에서 사용하는 용례들은 2018~2021년의 일본의 트위터 실시간 트렌드와 청소년 커뮤니티 사이트 '캐스피'(casphy.com)에서 실제 사용된 것들이다.

일본의 통신언어는 1990년대 후반부터 휴대전화와 초고속 인터

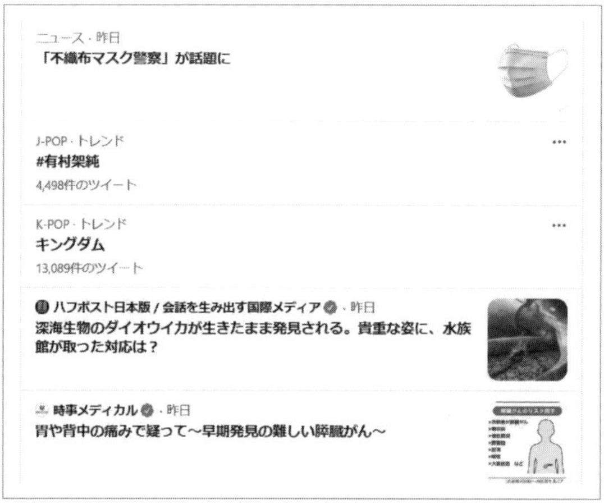

일본 트위터(Twitter)의 실시간 트렌드

넷의 급격한 보급을 통해 탄생하고 발달하였다. 초기에는 휴대전화의 문자 메시지를 보내는 텍스트의 양은 140비트 정도였다. 일본어의 경우는 16비트 유니코드 인코딩을 사용하였기 때문에 문자 메시지의 길이는 70자 정도였다. 따라서 많은 이들, 특히 젊은이들은 필요에 따라 문자메시지 속에서 일본어를 줄여서 말하게 되었다.

또한 인터넷의 채팅이나 게시판에서도 빠르게 의사전달을 하기 위해 키보드를 누르는 횟수를 줄이고자 말을 줄여서 하는 경향이 생겼다.(예〉 オッケー→ おk, 始まった→ はじまた) 이와 같이 짧은 시간 안에 적은 노력으로 보다 많은 정보나 감정을 표현하는 것을 '경제성의 원리'(principle of economy)라고 한다. 이 '경제성의 원리'에 있어서는 음소의 탈락이 밀접하게 관련된다. 즉, 모음이나 특수음소(장음, 발음, 촉음)가 탈락하는 현상이 매우 빈번하게 일어난다. 반면 자음이 탈락하는 경우는 거의 없다. 이에 대해 세계적인 언어학자 데이비드 크리스탈(David Crystal)은 영어를 비롯해 세계의 상당수의 언어에서는 자음이 가지는 정보량이 모음보다 많아서 자음만으로도 뜻이 통하는 경우가 많기 때문에 모음이 탈락하고 자음만 남게 되는 현상이 있다는 점을 설

명하고 있다. 한국어에서도 '초성게임'과 같이 모음이 탈락하고 자음만 있는 형태로도 뜻을 유추할 수 있는 점에서 이러한 현상은 상당히 보편적이라고 할 수 있다.

반면, '경제성의 원리'에 반하여 오히려 키보드나 휴대전화의 버튼을 누르는 횟수가 늘어나는 경우도 있다. 이러한 경우는 '낯설게 하기'(defamiliarization)로 설명할 수 있다. '낯설게 하기'란 문학의 표현기법 중 하나로, 일상적인 표현을 의도적으로 비일상적으로 나타내는 것을 말한다. 즉, 일부러 문자를 특이하게 쓰거나(예〉もぅマヂ無理), 그림문자와 문자를 혼용하여 쓰는 경우(예〉ｶﾜ(・∀・)ｲｲ!!)등이 이에 해당된다. '낯설게 하기'는 일상적인 문자사용을 의도적으로 비일상적으로 사용하여 사용자의 표현욕구, 감정전달, 개성표현, 유대감 형성 등의 역할을 한다고 할 수 있다.

이야기를 다시 '경제성의 원리'로 되돌려 보자. 통신언어에서는 '웃음'을 나타내는 표현이 자주 사용되는데 이 '웃음'을 나타내는 방법은 언어마다 독특하다. 한국어에서는 'ㅎㅎㅎ', 'ㅋㅋㅋ' 등이, 영어에서는 'LOL'(laugh out loud)이, 중국어에서는 '哈哈哈'(중국어로 이 한자의 발음이 웃음소리 '하하하'와 비슷한 것에서 유래)가, 태국어에서는 '555'(태국어로 숫자 5는 ห้า(ha)로 웃음소리 '하하하'와 발음이 비슷한 것에서 유래)가 자주 사용된다. 일본어의 경우에는 'www'가 자주 사용된다.

상기 표현방법들 중 중국어 이외의 언어들은 '경제성의 원리'와 관련이 있다. 즉, 웃음을 표현할 때 키보드나 버튼을 빠르게 칠 수 있는 방법을 취한 것이다. 한국어의 경우는 '하하하', '흐흐흐', '키키키', '크크크'에서 모음만을 탈락시킨 채 'ㅎ'와 'ㅋ' 버튼을 연타하면 된다. '경제성의 원리'에 매우 충실한 통신언어의 표현방법이라고 할 수 있다. 한편 일본어의 'www'는 왜 '경제성의 원리'와 관련이 있는 것일까?

일본의 통신언어에서의 'www'의 유래는 '笑'에서 왔다.(예〉これって、ブランチ？笑) '笑'는 키보드나 휴대전화의 버튼에서 'warai'라고 입력하는데 'w'만을 입력하게 된 것에서 유래한 것이다.(예〉なにやっとるんやw) 즉, 5번의 입력 횟수 중 4번을 줄이기 위해 처음의 자음 하나만을 사용한 점에서 '경제성의 원리'에 충실한 표현방법이라고 할 수 있다. 그리고 가벼운 웃음은 'w'하나만 사용하지만 폭소할 경우는 'www', 'wwwww'와 같이 'w'를 연달아 사용하곤 한다.(예〉生誕20周年プロジェクト始動wwwwwww) 이것은 한국어의 'ㅎㅎㅎ'나 'ㅋㅋㅋ'에서도 비슷할 것이다.

그런데 일본어의 경우는 'w'가 또 다른 변화를 보이게 된다. 폭소를 나타내는 'www'의 형태가 마치 '풀'처럼 보인다는 점에서 'w'를 연발하지 않고 '풀'이라는 뜻의 '草'라고만 사용하는 경우가 나타난 것이다.(예〉ゴジハムくんとか懐かしくて草)

이와 같은 폭소를 나타내는 형태는 또 다시 '草生える'(풀 돋는다: 예〉めちゃくちゃ近所にこんなとこあるの知って草生える), '草不可避'(풀이 돋는 것을 피할 수가 없다: 예〉ガタイ良すぎて草不可避)와 같은 표현을 파생시키기도 했다. '경제성의 원리'로 사용하기 시작한 'w'가 오히려 '경제성의 원리'에 반하는 표현방법을 파생시킨 것이다.

일본의 통신언어에서의 웃음을 나타내는 방식

'w'에서 파생되어 나온 '草'계열의 표현은 '웃음'뿐만 아니라 '어이가 없음', '기가 참', '실소가 터져 나옴'을 나타낼 때도 사용된다.(예1>忙しすぎて昼飯食う時間無くて草生える。예2>誘惑に逆らえず草不可避。)

그렇다면 왜 'w', 'www'가 더 경제적임에도 불구하고 입력 횟수가 늘어난 '草'계열의 표현이 사용되고 있을까? 이것은 '낯설게 하기'만으로는 충분히 설명하기 힘들다. 왜냐 하면 '낯설게 하기'를 이용한 'w'라면 특이한 표기이기는 해도 원래 표기인 'w'를 충분히 유추할 수 있어야 하기 때문이다. 예를 들어, 'WWwwww'처럼 표기가 점차 작아지거나, 'ⓦⓦⓦ'처럼 원문자를 사용하거나, 'w˝ w˝ w˝ '처럼 'w' 위에 탁점을 붙이는 식의 표현 등이 '낯설게 하기'에 해당되기 때문이다.

따라서 '草'계열의 '웃음'을 나타내는 표현들은 '언어유희'(言葉遊び), '유대감(仲間意識)의 표현'이라고 보는 것이 타당할 것이다. 'これめっちゃおもしろくて草'라는 표현을 인터넷에서 처음 보는 사람이라면 왜 '草'가 들어가며 그 뜻은 무엇인지 단번에 이해하지 못할 것이다. 하지만 나중에 'www'가 '풀'이 돋은 것과 비슷하다는 점을 이해한다면 크게 재미를 느낄 것이다. 이후에는 '草生える'라는 표현을 처음 보더라도 '웃음'을 나타내는 말이라는 것을 금세 알아차릴 것이며 새로운 표현을 자신도 이해했으며 마찬가지로 사용한다는 것을 나타내고 싶게 될 것

이다. 이와 같은 '재미'와 '같은 표현을 인터넷 상에서 사용한다는 동질감'이 바로 '언어유희'와 '유대감'이며, 이로 인해 일부러 '경제성의 원리'에 반하는 표현방법을 사용하고 있다고 생각할 수 있다.

언어유희는 수천 년 전의 가집인 『만요슈』(万葉集)에도 발견이 될 정도로 일본인은 물론 우리들 인간은 언어유희를 즐겨왔다. 이는 데이비드 크리스탈의 『Txting The gr8 db8』이란 책에서 '놀이는 인간의 본능이며 언어유희(language play)는 즐겁기 마련'이라고 언급하고 있는 점에서도 알 수 있다. 즉, 일본의 통신언어에 있어서 '경제성의 원리'는 중심이 되는 원리이지만, 이 중심적인 원리에서 벗어난 경우도 많으며, 그러한 경우에는 언어유희, 유대감 표현이 원인이 되는 경우가 있다고 할 수 있을 것이다.

한국의 통신언어 연구의 권위자인 이정복 교수는 통신언어의 사용동기와 기능에 대해 '경제성', '오락성', '표현성', '유대성', '심리적 해방성'의 다섯 가지를 들고 있다. 이는 일본의 통신언어와도 크게 공통된다. 다만 '심리적 해방성'의 경우 한국의 통신언어에서는 비속어와 욕설의 사용이 대부분을 차지하여, 상대적으로 비속어와 욕설이 통신언어에서 잘 사용되지 않는 일본의 통신언어와는 다른 면을 가진다고 할 수 있다. 하지만 한일의 통신언어는 사용동기와 기능에 있어서 상당한 공통점을 가지는 것만은 분명하다. 또한 문법적, 어휘적인 유사성을 가지는 한국어와 일본어의 통신언어의 공통점과 상이점을 아는 것을 현대 한국어와 일본어를 이해하는데 있어서 매우 중요할 것이다.

26. 일본인의 언어유희(言葉遊び)

【손범기】

언어는 의사전달의 수단으로 화자 자신의 의사를 다른 사람에게 전달하고 다른 사람의 의사를 파악하게 해주는 것이 본래의 기능이다. 하지만 이러한 의사 전달 기능과 별개로 그 발음(표기)이나 의미, 또는 그 사이의 관계를 가공, 변형하여 재미를 끌어내는 유희(遊戯)의 수단으로 언어가 사용되기도 하는데 이를 언어유희(言葉遊び)라고 한다. 이러한 언어유희는 커뮤니케이션의 윤활유로 작용하여 대화를 원활하게 하는 경우도 있지만 경우에 따라서는 혐오나 반감을 줄 수도 있다.

한국어도 그렇지만 일본어는 언어유희가 매우 발달된 언어이다. 이는 한정된 음소로 인해 나타낼 수 있는 음절 수(数)가 그리 많지 않다는 발음의 단순성과 히라가나, 가타카나, 한자, 로마자 등의 다양한 표기가 사용되는 표기의 복잡성을 생각하면 당연한 결과라 할 수 있다. 일본인의 언어유희에 대해서는 이미 『일본문화총서』 8권 『일본어는 뱀장어 한국어는 자장』의 47장 '언어에 담긴 일본인의 해학'에서 '시리토리'(しりとり-끝말잇기), '가이분'(回文-회문), '나조나조'(なぞなぞ-

수수께끼)와 같은 언어유희를 구체적으로 다룬 바 있다. 하지만 일본어는 이외에도 다양한 언어유희가 존재하므로 이 글에서는 과거 '47장'에서 구체적으로 다루지 않았던 '다자레'(駄洒落)와 '고로아와세'(語呂合わせ)에 대해서 보고, 언어유희와 관련하여 J-POP에서 사용되는 라임(rhyme)에 대해서 살펴보고자 한다.

우리나라에서는 2010년대에 '아재개그'라 불리우는 유치한 말장난이 유행하였는데 '아재개그'란 명칭의 정확한 기원은 불분명하지만 필자는 아재를 뜻하는 '오야지'(親父)가 사용된 '오야지개그'(親父ギャグ)가 '아재개그'란 말의 성립에 커다란 영향을 주었을 것이라 생각한다. 왜냐하면 일본에서 '오야지개그'란 말은 이미 1990년대부터 사용되었고 작법도 유사한 점이 많기 때문이다.

그런데 '오야지개그'는 독립적인 형식을 가진 언어유희가 아니라 '다자레'(駄洒落)라는 언어유희를 바탕으로 만들어지는 개그이다. 그러면 '다자레'의 대표적인 예시들을 보도록 하겠다. 밑줄 친 부분의 발음에 주목하자.

トイレにいっといれ。	화장실에 가 두게.
父(とう)さんの会社が倒産(とうさん)した。	아버지 회사가 도산했다.
「運動場(うんどうじょう)使っていい？」	운동장 써도 돼?
「うん、どうじょ～。」	응 써~.

이는 '다자레'의 가장 기본적인 유형으로 '동일음을 반복' 하는 예

이다. 동일음 반복은 언어유희의 가장 기본이 되는 유형으로 아재개그의 '오렌지를 먹은 지 얼마나 오랜지?'나 영어권의 'dad joke'(일반적으로는 'pun')의 'I'm on a seafood diet. I see food and I eat it.' 등을 보면 만국공통의 언어유희법이라 할 수 있겠다.

'다자레'는 위와 같은 유형 이외에도 비슷한 소리를 내는 단어를 반복하는 유형도 있다. 아래 첫 번째 예시를 보면 어두의 자음이 다르고(g-d), 두 번째 예시는 모음이 다르지만{u(ム)-o(モ)} 나머지 부분은 동일한 것을 볼 수 있다. 세 번째 예시는 두 번째 단어에 촉음이 삽입된 것을 볼 수 있다.

外科医(げかい)はでかい。　　외과 의사는 거만하다.

キムチを食べたらキモチいい。　　김치를 먹었더니 기분이 좋다.

布団(ふとん)が吹(ふ)っ飛(と)んだ。이불이 날아갔다.

또한 다음의 작법도 살펴보자.

동일 의미의 단어를 중의적으로 사용하는 예:

落(お)とし穴(あな)が完成(かんせい-陥穽)した。

→ かんせい-완성, 함정, (함정이 완성되었다)

휴지(休止)를 달리하여 복수의 의미를 나타내는 예:

うん、この味いいね。(응 이거 맛 좋은데.)

→ うんこの味いいね。(각자 해석해 보시길…)

넌센스효과를 위해서 어떤 단어와 닮은 다른 단어를 억지로 접목하는 예:

センタッキー・フライドチキン

→(ケンタッキー・フライドチキン과 세탁기(せんたくき)를 억지로 접목)

최근의 젊은 세대는 '오야지개그'에 대해 약간 불호의 이미지가 있지만 그 기본이 되는 '다자레'는 비공식적인 기념일(9월 1일)이 제정되어 있을 정도로 많이 사용되는 언어유희라고 할 수 있겠다.

'다자레'와 더불어 빼놓을 수 없는 언어유희로 '고로아와세'(語呂合わせ)를 들 수 있다. '고로아와세'는 어떤 단어를 표기할 때 발음이 유사한 다른 한자나 숫자를 사용하는 것으로 운(運)을 부르거나 암기를 위해서 사용하는 실용성이 높은 언어유희이다.

운을 부르는 '고로아와세'의 대표적인 예로 '돈카쓰'(豚カツ)의 '카쓰'를 들 수 있다. '카쓰'가 '이기다'(勝(か)つ)라는 의미를 지니기 때문에 시합 전에 운동선수들이 '카쓰돈'(かつ丼)을 즐겨 먹는다는 사실은 어느 정도 일본어를 아는 사람들에게 널리 알려져 있다. 그리고 일본에서 정월에 먹는 '오세치요리'(御節料理)에 빼놓을 수 없는 재료로 검은콩(黒豆, くろまめ)과 다시마(昆布, こんぶ), 도미(鯛, たい)가 있는데, 이들은 각각 '건강히 지내다'(まめに暮らす), '기쁘다'(よろこぶ), '경사스럽다'(めでたい)라는 의미를 담고 있기 때문이다.

숫자를 사용하는 '고로아와세'는 숫자를 통한 단어 연상 또는 암기의 용이성을 위해 사용되는데 우리나라에서는 '2424'(이사업체), '8282'(배달업체)와 같은 전화번호 뒷자리로 많이 쓰이지만 일본에서는 전화번호 뒷자리는 물론이거니와 여러 가지 용도로 사용이 된다.

구체적인 예를 보면 우선 전화번호 뒷자리로 옛날에 일본 서비스업에서 가장 많이 선호되던 번호가 '4649'였다고 하는데 이는 '4649'가 'よろしく'(잘 부탁합니다)라는 의미가 있기 때문이었다고 한다. 그리고 다음 사진을 보자.

'EX予約' 발권기

이 사진은 JR서일본의 특급열차 인터넷 예약 서비스인 'EX予約'의 발권기이다. 그런데 발권기 중단과 하단을 보면 '5489サービス'라고 쓰여 있는 것을 볼 수 있는데 이는 '5489'가 'ご予約'(よやく)라는 의미로 사용된다고 한다. 이외에도 인터넷으로 '고로아와세'를 검색하면 다양한 예를 볼 수 있을 것이다.

이처럼 단어를 숫자로 나타낼 수 있는 것은 일본어에는 고유어, 한자어, 영어 등의 다양한 숫자 읽는 법이 있기 때문이다. '고로아와세'에 사용하는 대표적인 숫자 읽는 법은 다음과 같다. 이를 바탕으로 아래의 숫자를 사용하는 '고로아와세'를 보면 이해가 쉬울 것이다.

1 : いち, い, ひとつ, ひと, ひ, あい(알파벳 유래), ぼう(봉, 글자형태)

2 : に, ふたつ, ふた, ふ, つ(영어 two 발음), じ

3：さん, さ, みっつ, みつ, み

4：よん, よ, よっつ, よつ, し, ふぉ(영어 four), ほ

5：ご, こ, いつつ, いつ

6：ろく, ろ, むっつ, むつ, む, る(6을 빨리 읽으면 들린다고 함)

7：しち, ななつ, なな, な

8：はち, は, ぱあ, やっつ, やつ, や, やあ

9：きゅう, きゅ, く, ここのつ, ここの, こ

0：れい, れ, ぜろ, ない, わ(글자 형태), まる(글자 형태), ま, おー・おう・おお(알파벳 o)

10：と, てん

084「おはよ」, 14106「愛してる」, 724106「何してる」, 49「至急」

889「早く」, 0906「遅れる」, 3476「さよなら」

마지막으로 J-POP에서 사용되는 라임(rhyme)에 대해서 보도록 하겠다. 일반적으로 '라임'이라고 하면 힙합음악의 랩에서나 사용하는 것으로 생각하기 마련이지만, 영어권에서 라임은 언어유희의 하나로 받아들여지고 있다. 그리고 일본에서는 힙합 이외의 음악 장르에서도 가사의 전달성을 높이기 위하여 '韻(いん)を踏(ふ)む'(라임을 사용한다)라는 작사기법으로 사용되기도 한다.

이러한 라임을 사용하는 가장 대표적인 뮤지션으로 꼽을 수 있는 것이 Mr.Children이란 락밴드이다. Mr.Children은 대부분의 노래가 보컬인 사쿠라이 카즈토시(桜井和寿)의 작사, 작곡으로 이루어지는데, 그는 일본 힙합씬에서도 본격적인 라임이 사용되기 이전인 90년대부터 적극적으로 라임을 사용한 것으로 유명하다. 다음 노래 가사의 밑줄친 부분에 주목하자. 첫 번째 가사는 동일음이 반복되고 있고, 두 번째 가사는 일부 자음만 다르고(o-no, d-t), 나머지는 동일한 음이 반복되는 이른바 '다자레'와 동일한 방식의 라임을 사용하고 있는 것을 볼 수 있다. 그런데 세 번째 가사는 각 음절의 자음은 모두 다르지만(wari naki tabi) 모음으로 모두 a-i(wari naki tabi)가 사용된 것을 볼 수 있다. 이는 현재 일본의 힙합씬에서 일반적으로 사용되는 모음 라임(vowel rhyme)을 사용한다고 할 수 있다.

シーソーゲーム She so cute....
시소 게임 She so cute　　Mr.Children「シーソーゲーム」(1995)

Oh darlin' 僕はノータリン
오 달링 나는 바보　　Mr.Children「名もなき歌」(1996)

終(お)わり なき 旅(たび)
끝없는 여행　　Mr.Children「終わりなき旅」(1998)

물론 이는 한 개인이 사용하는 언어유희라고 할 수 있지만 대중은 이러한 라임의 사용을 적극적으로 향유하였고, 후대의 음악 밴드에도 영향을 끼쳤다. 일례로 Official髭男dism이란 남성밴드(줄여서 '히게단'이라고 함)가 발표해 2019년 최고의 인기를 얻은 Pretender란 곡에서도 적극적으로 라임이 사용된다. Mr.Children과 Official髭男dism의 노래는 전곡이 유튜브로 공개되어 있다. 음악을 감상할 겸 가사의 라임을 확인해 볼 겸해서 한번 들어보기 바란다.

27. 오사카 아줌마 파워를 아시나요?

【오이카와 히로에】

“Oba! Oba! Oba! Get Power! Oba! Oba! Oba! Get up! Oba! Oba! Oba! Oba up! Oba! Oba! Oba! Too hot! ”

그룹 명 “オバチャーン”(Obacchan)「OBA FUNK OSAKA」 2019년 6월 19일 발표곡

한 번 들으면 머리에서 잊혀지지 않는 강렬한 멜로디「OBA FUNK OSAKA」의 첫머리 부분의 일부이다. ‘Oba’는 ‘아줌마’를 가리킨다. 오사카에는 그 이름도 ‘オバチャーン’(Obacchan)이라는 무려 평균 연령 60 세 이상(현재는 평균연령 자칭 65세 이상) 아줌마로 2011년에 결성된 오사카 출신 아줌마들로만 구성된 ‘아이돌 그룹’이 있다. ‘오사카의 오바챤(아줌마) 파워로 세계를 활기 있게 만드는 것’을 목적으로 TPO에 따라 1명에서 47명까지의 회원으로 구성되어 있다. 컨셉은 ‘만나러 갈 수 있는 아이돌’이 아닌 ‘다가오는 아이돌’이라는 것이다. ‘オバチャーン’(Obacchan)의 음악은 사람과 사람의 커뮤니케이션을 활성화

• • •

オバチャーン 공식 홈페이지

시키는 'オバチャーン'(Obacchan)의 매력이 가득 담긴 것들이지만, 2019년에 발표 된「OBA FUNK OSAKA」는 'G20 오사카 서미트'와 '오사카 만국박람회'가 개최되는 오사카를 세계에 PR하기 위해 전편 영어 가사의 랩에서 만들어졌다고 한다.

"(인용자 생략) Here is Osaka wonderful city! …(인용자 생략) Takoyaki Okonomi, Free Wi-Fi, Humanity, Hospitality, People Lovely Kindly, Osaka Obacchan animal fashion.…(인용자 생략) Let's conversation! Hard communication!"
"오사카는 아름다운 도시… 타코야키, 오코노미야키, 무료 Wi-Fi, 휴머니티, 환대, 사랑스럽고 친절한 사람들, 오사카 아줌마, 애니멀(동물) 패션…함께 얘기하자! 하드 커뮤니케이션!"

오사카의 매력을 어필하고 있는 가사의 마무리는 다음 가사로 끝난다.

"The funniest city in the world. The funniest people in the world. Come on! OSAKA!"

"세상에서 가장 재미있는 도시. 세계에서 가장 재미있는 사람. 어서 오십시오! 오사카에!"

「OBA FUNK OSAKA」의 뮤직비디오에는 바부리 댄스로 화제가 된 토미오카 고등학교 댄스부 OG도 참가하여 2019년 6월 19일 유튜브에 공개됐다. 약 1개월에서 조회수가 17만 회 이상(2021년 2월 현재 약 52만 회)이 되어서 화제가 되었다고 한다. 한국에서도 이 뮤직비디오와 그들의 인터뷰 등이 보도되었다.

수업에서 오사카를 소개하는 기회가 있어서 인터넷 검색을 통해 알게 된 'オバチャーン'(Obacchan)은 예전에 오사카에 살았던 필자도 뮤직비디오를 보고 오사카 아줌마의 매력을 재확인하였다.

일본에서 '오사카 아줌마'라고 하면 인색하고 소란스럽지만, 정이 깊고 의리가 있는 사람들, 그리고 재미있고 '웃음'을 소중히 여기는 이미지를 말한다. 일본 전국 방방곡곡 아줌마는 있는데, '오사카'가 붙으면 강한 인상이 부여되는 것이 신기하다. 물론 이것은 어디까지나 이미지이기 때문에 사람에 따라 다르지만 실제로 그대로라고 느끼는 경우도 많다.

여러분은 도쿄 사람, 오사카 사람에게 각각 어떤 이미지를 가지고 있는가? 일반적으로 도쿄 사람의 이미지가 他人行儀이고 쿨한 반면, 오사카 사람은 솔직하고 열정적인 이미지가 있다. 도쿄의 전철 안에서는 조용하고 말도 안 하는 분위기이지만, 오사카의 전철 안에서는 웃음소리가 잘 들린다. 거대한 그리코(일본에서 유명한 과자 회사)의 간판, 거대한 복어, 거대한 움직이는 게 등의 장식은 오사카에서만 볼 수 있는 것으로, 오사카의 도시 이미지를 한마디로 표현한다면 '화려한 재미 거리'이다.

이 흥미로운 도시의 이미지에 한몫하고 있는 것이 오사카의 아줌

• • •

전형적인 오사카 아줌마 패션

마들이다. 오사카의 아줌마 3종 세트라고 말하면, 칠레 칠레(버글버글) 파마에 화려한 헤어 스타일, 어디서 구입했는지 모르는 호피 무늬 옷, 가방에 넣은 '아메 짱'(사탕)이다. 멀리서 보면 몸집 양키로도 보일 경우가 있다.

왜 그들이 이런 패션을 선호하는지는 의문이지만, 한국의 아줌마들에게도 공통되는 부분(형용하기 어려운 무늬의 셔츠, 헤어 스타일은 오래 가도록 펀치 파마 스타일, 화려한 붉은 립스틱, 눈썹은 문신으로 손질 간단하게 라는 것이 전형적인 이미지가 아닐까)이 있는 것은 아닐까 생각한다.(아줌마, 미안합니다!!)

잠깐 쉬어 가기. 중년의 여성에 대한 일반적인 호칭으로 'おばさん'(Obasan), 'おばちゃん'(Obachan)이라는 말은 친척이라면 ' 伯母さん · 伯母ちゃん', '叔母さん · 叔母ちゃん'이라고 부른다(한자는 다르게 표기하지만, 발음은 같다). 덧붙여 잡학이지만 '伯母'는 아버지의 누나 혹은 어머니의 언니에 해당하는 친척 여성을 말하며, '叔母'는 아버지의 여동생 혹은 어머니의 여동생에 해당하는 친척 여성을 지칭한다. 또 '小母'(Oba)라는 한자도 있고, 이것은 부모의 자매 이외의 친척 여성을 지칭한다. 정말 일본어란 까다롭다……

오사카 아줌마의 매력을 한마디로 표현하기는 어렵지만, '아이돌' 그룹 'オバチャーン'(Obacchan)도 노래하고 있는 것처럼 직접적인 커뮤니케이션이 부족한 시대에 아줌마들은 'Let's conversation!'이라고 던진다. 그렇다. 그녀들의 매력 중 하나는 커뮤니케이션의 프로라는 부분에 있는 것이 아닐까.

예를 들어, 오사카에는 '얼마나 싸게 물건을 살 수 있었는지를 자랑한다'라는 독특한 문화가 있다. 싼 물건을 구입하기 위해서는 가격 협상을 해야 한다. 그 과정에서 가게의 사람들과 의사 소통이 생긴다. 손님이 "그거, 얼마야? 조금 깎아줘."에 대해서, 가게 주인이 거스름돈을 건낼 때, "네, 거스름 돈 100만 엔(실제로는 100엔)"이라는 대화 내용은 학창시절 제가 오사카에 살고 있었을 무렵에는 적어도 있었던 사실이다. 뿐만 아니라 슈퍼 계산대에서 상품을 받을 때도 반드시 "감사합니다"라는 인사말은 한다. 저는 도쿄 출신이지만 도쿄의 계산대에서 고맙다는 말은 한 적이 없었으며, 그런 광경을 본 적도 없었다.

오사카 아줌마 3종 세트 중 하나의 '아메 짱'(사탕)이 있다. 이것은 커뮤니케이션의 프로에 빼놓을 수 없는 필수품이라고 할 수 있다. 처음 본 사람에게도 '아메 짱'(사탕)을 하나 선물하면서 대화의 실마리를 찾는 능력을 종합적으로 갖추고 있다.

커뮤니케이션의 프로라는 특징은 아줌마의 따뜻함에 나타나고 있다. 아줌마들은 비록 낯선 사람이라도 어려운 일을 당하고 있으면 정확하게 포착할 수 있는 능력을 가지고 있다고 말할 수 있지 않을까. 인간관계에서 항상 'ボケとツッコミ'(바보 역할과 지적하는 역할)을 맡아 훈련

을 쌓고 있는 아줌마들. 상대방과 밀당의 관계를 다루는 훈련을 일상적으로 하고 있기 때문에 상대방의 마음을 읽을 수 있다. 타인의 품에 자연스럽게 들어갈 수 있는 아줌마들. 겸손한 성격이 많은 일본인들 중에서 자칫 참견과 뻔뻔함으로 파악되는 행동을 하는지는 모르지만, 도움이 필요한 사람을 보면 내버려 두지 않는 그런 아줌마의 행동력에 배울 것이 많다고 말할 수 있지 않을까 싶다.

타인과의 관계성을 가지는 것을 번거롭게 느끼고 타인에게 신세를 지고 갚는 것을 기피하게 된 현대 일본 사회. 하지만 결코 짧지 않은 인생을 생각하면, 타인과 이러한 관계없이 살아가는 것은 불가능하다. 특히 저출산 고령화가 진행되는 일본에서는 사람의 보살핌을 받지 않고 생활할 수 없는 사회가 바로 문턱에 와 있다.

적극적으로 사람들과 관계를 맺을려고 하는 오사카의 아줌마는 일본의 라이프 스타일의 모델로 삼아야 할 것이 아닐까 싶다. 몇 년 후에는 3명 중 1명이 고령자가 될 것으로 예상되는 일본 사회에서는 사람의 외모와 직함에 대한 편견과 이상한 자존심과 고집을 가지지 않고, 오사카의 아줌마들처럼 마음으로 사람을 보고 마음으로 대화하는 커뮤니케이션 능력을 가지고 서로 도우며 살아갈 필요가 있다.

본 글에서 소개한 「OBA FUNK OSAKA」 가사 중 한 구절에 다음과 같은 문구가 있다.

Attention please! If you are lost in Japan, Tokyo people "I don't know" honestly, But Osaka Obachaan, "OK! GO straight!" "But I don't know! That's Obachaan's

Kindness!"

오사카의 아줌마들은 "모르지만…" 길을 물으면 가는 방법을 우선적으로 가르켜 준다. 어떤 일을 해서라도 커뮤니케이션을 취하려 하고, 타인과의 관계를 유지하려는 적극적인 자세를 가지고 있다.

나도 모르게 내 자신의 나이는 한참 들어 가고 있을지도 모르지만, 그런 저라도 '아줌마'라고 불리우면, 다소 마음이 이상해지는 적도 솔직히 있다. 하지만 20대처럼 앞뒤 가리지 않고 맹렬히 도전하지 않고, 30대 처럼 신나게 지내는 나이도 아니지만, '이것도 내 자신의 모습이구나'라고 보다 쉽게 받아들일 수 있는 그런 40대가 돼서 '아줌마'에 입문했기 때문에, 앞으로의 인생을 오사카 아줌마에게 배우고 적극적이고 강력하게 살아갈 수 있도록 매진하고 싶다.

28. 바다에서 건져 올린 일본어

【양민호】

삼면이 바다인 한국, 그리고 사면이 바다인 일본, 두 나라는 일찍부터 바다를 멀리하며 살아갈 수 없다는 공통점을 가지고 있다. 국경 없는 바다를 자유로이 넘나드는 물고기처럼 한국과 일본에서 공통으로 사용되는 어휘가 많다. 예로부터 한국과 일본은 서로 언어를 주고받아 왔으며, 그중에서 바닷속 수산물의 이름에는 일본어의 흔적들이 많이 존재한다. 이름하여 '바다에서 건져 올린 일본어'는 우리가 생각했던 것보다 훨씬 더 많기에 이를 살펴보고자 한다.

특히 우리나라의 경우 일제강점기를 거치면서 어촌의 생활과 문화를 담고 있는 말 중에 일본어가 다수 포함되어 있다. 대륙으로 막힌 중국보다 삼면이 바다인 한국과 바다로 둘러싸인 해양국가 일본이 삶의 터전 일부로서 바다를 바라보는 시각도 비슷하였기 때문에 그것을 받아들이고 공유하기도 수월했을 것이다.

어민들의 생활 속에는 아직도 사용되고 있는 일본어는 다양하게 존재한다. 수산물 중에서 물고기, 어패류, 갑각류, 해조류, 기타 해양과 관련된 어휘이다. 그러나 지금까지는 바다와 관련된 잔존(殘存)일본어 연구는 거의 다루어지지 않았다.

어부들 사이에서 흔하게 사용하는 어휘 중에 '오징어'(이카イカ), '고등어'(사바サバ), '가자미'(가레이カレイ), '다시마'(곤부コンブ)와 같은 말이 있다. 그래서 어민들의 삶의 보고(寶庫)인 바다에서 건져 올린 일본어를 살펴보는 것이야 말로 향후 한국과 일본의 문화 접촉과 변용으로 인한 해양문화에 대해 파악할 수 있는 열쇠가 되기 때문이다. 바다 관련 어휘가 많지만, 흥미로운 단어 몇 가지를 소개하고자 한다.

우선 '감성돔'을 가리키는 '구로다이'(クロダイ)가 일본의 규슈(九州) 방언인 '지누'(チヌ)의 형태로 우리나라에서 사용되고 있다. 주로 도쿠시마(德島), 후쿠오카(福岡), 미야자키(宮崎) 등과 같이 일본의 서쪽 지방 특히 규슈 쪽에서 사용되는 표현으로, 바다를 넘어 한국으로 건너와 사용된다는 점을 보았을 때 지리적 근접효과에 의한 것으로도 볼 수 있다.

'돔'(도미)의 경우는 한국 전역에서 '사마다이'(シマダイ), '아카다이'(アカダイ), '구로다이'(クロダイ)처럼 일본어로 불리는 경우가 매우 많다. 특히 충청 서해안에서는 '아카다이'가 '붉돔' 또는 '적돔' 대신으로 불리는 것들이다. 일본에서는 통칭 '치다이'(チダイ)라고 하는데 지역별로 '아카다이'라고 부르는 곳이 있다. 어떻게 보면 '아카다이'라는 일본의 지역 사투리가 한국에 남아 있는 형태가 된다. 다시 말해 오래된 일본어의 모습이 일제강점기 변방이었던 한국에서는 아직 살아남아 있다는 것이다. 결국 해역언어학(海域言語學) 입장에서 한국에서 잔존일본

스루메이카를 말리는 모습

어의 언어형성 과정을 풀 수 있는 힌트가 될 수 있을 것이다.

그리고 성장함에 따라 이름이 바뀌는 물고기를 '출세어'(出世魚)라고 부르는데, 출세어의 대표인 '방어'의 경우 '방어'라고 불리기도 하지만, 크기에 따라 사이즈가 큰 '방어'를 '부리'(ブリ)라고 부르고, 새끼의 경우 '하마치'(ハマチ)라고 일컫는 경우가 있다. 실제로 '하마치'(ハマチ)와 '부리'(ブリ)는 외견상 비슷하지만 '방어'보다 살짝 질이 떨어지는 생선을 가리켜 이렇게 표현한 것이라고도 볼 수 있다. 또 '오징어'로 유명한 울릉도에서는 '수루메'(スルメ)라는 용어가 사용되고 있다.

원래는 창오징어 '야리이카'(ヤリイカ)나 일반 오징어 '수루메이카'(スルメイカ) 등과 같이 여러 오징어를 장기보존하기 위해 말리게 되었는데, 그 가운데 제일 좋은 건조 오징어는 '야리이카'를 말린 것이었고, 두 번째로는 '스루메이카'를 말린 것이었다. 그러나 한국에서는 이

모두를 통합하여 말린 오징어를 '스루메'라고 부르게 되었다. 이처럼 바닷속에서 건져 올린 많은 수산물의 이름에는 일본어가 남아 있다.

• • •
회(사시미) 오마카세

이렇게 잡아 올린 해산물은 우리의 밥상에 오르거나 선술집에서 찾아볼 수 있는데, 특히 전국적으로 유명세를 타는 곳이 있다. 경남 통영의 선술집으로, 이름하여 통영 '다찌집'이다. '다찌집'이란 메뉴를 정해서 시키는 것이 아니라 술을 주문하면 해산물을 비롯하여 다양한 음식이 나오는 형태의 가게를 의미한다. '다찌'라는 말은 원래 일본어의 간이식 선술집이란 뜻의 '立ち飲み'(다찌노미)에서 왔을 것이라고 생각된다. 그러나 지역 주민들은 '다있지'를 줄여서 '다찌'라고 한다는 속설도 있다. 이 속설은 '다있지'와 '다찌'의 어형과 의미의 우연한 유사성에 기인한 민간어원(folk etymology)일 가능성이 크다. 어원이야 차치하더라도 통영의 '다찌집'은 현재 유명세를 얻어 전국적으로 유사한 선술집이 확산되고 있다.

또 흥미로운 점은 바다에서 건져 올린 수많은 신선한 해산물을 내어주는 파인 다이닝(Fine Dining) 스시집에서는 '오마카세'(お任せ)라는 말이 어느새 등장하였고, 급속도로 퍼지기 시작하였다. 여기서 '오마카세'는 '남에게 모두 맡긴다 또는 일임한다'는 뜻의 일본어이다. 고급 레

스토랑에서는 손님이 셰프에게 메뉴 선택을 맡기면 요리사가 그때그때 엄선한 식재료로 제철 요리를 만들어 내는 것을 가리킨다.

'오마카세'를 제공하는 식당에서는 손님이 요리사에게 메뉴 선택을 온전히 맡기고, 요리사는 가장 신선한 식재료를 사용해 자신의 오리지널리티를 담은 음식을 내놓는다. 가게에서 '오마카세'는 브랜드나 간판보다 요리사의 명성을 신뢰하고, 신선한 식재료와 새로운 경험을 찾는 소비자가 증가함에 따라 인기를 얻고 있다. 스시집에서 '셰프 추천 메뉴'라는 뜻으로 사용되기 시작하여, 현재는 최신 트렌드를 반영하여 다양한 영역에서 사용되고 있다. '한우 오마카세', '중식 오마카세', '한식 오마카세', '프렌치 오마카세' 등 다양한 분야에서 쓰이고 있다.

우리는 바다에서 건져 올린 싱싱한 해산물을 '다찌집'에서 접하거나, 고급 스시집 '오마카세'로 대접받는 세상에서 살고 있다. 이렇듯 생각보다 훨씬 더 많은 일본어가 바닷속, 그리고 우리의 일상생활 속에 알게 모르게 다가와 있다. 예전에 사용되었던 잔존일본어의 대표격인 '벤토'(弁当), '와리바시'(割り箸), '다쿠앙'(沢庵)과 또 다른 형태로 일본어의 진출은 계속되고 있는지도 모르겠다.

29. 일본 관광지 속 한국어 요모조모

【윤정훈】

일본은 한국인 관광객들이 가장 많이 찾는 대표적인 해외여행 국가라고 할 수 있다. 주로 도쿄, 오사카, 후쿠오카 등의 대도시가 한국인 관광객의 주요 관광지라고 할 수 있다. 하지만 의외로 일본에서는 잘 알려지지 않은 지방의 한 작은 섬이 한국인 관광객들에게는 인기 관광지인 곳도 있다. 바로 한국의 부산과 가장 가까운 쓰시마이다. 쓰시마는 국경의 섬이라고도 불릴 만큼 한국(부산)에서 약 50㎞ 거리에 있어, 시공간적, 경제적으로도 접근하기 쉬운 관계로 특히 부울경 지역의 한국인 관광객에게 각광을 받는 곳 중 한 곳이다.

쓰시마는 한국인 관광객이 적던 시절에도 한국과 국경의 섬이라는 상징적인 의미에서 도로의 이정표 등에 한국어 표기가 되어 있었고, 현재는 과연 여기가 일본이 맞나하고 눈을 의심할 정도로 도내 곳곳에서 한국어를 심심치 않게 찾아 볼 수 있다. 그러나 한국인을 위한 배려의 차원에서 도내 곳곳에 표기한 한국어가 또 하나의 볼거리가 될 정도로 흥미로운 사실에 맞닥뜨리게 된다. 즉, 지극히 일본적인 한국어 표현에서 비롯되는 오용표현이라고 할 수 있는데, 본고에서는 이러한 일본 관광지에서의 한국어 표기의 다양한 양상을 소개하고, 고찰하고자 한다.

직역에 의한 오류

우선 제일 많은 부분이 일본어를 한국어로 직역했을 때의 경우라고 할 수 있다.

① 여기는 사람의 토지입니다.	→	ここは人の土地です。
② 왜 흘리지 않아요?	→	なぜ流さないの？
③ 렌트카는 여기입니다	→	レンタカーはここです。

①의 경우는 한국인이 봤을 때, 정말 황당한 번역이라고 할 수 있다. 즉, 사람의 토지가 아니면 누구의 토지인지 궁금증을 자아내는 대목이다. 여기에서는 '타인', '사람'의 의미를 갖는 '人'가 한국어로 '사람'으로 직역되어 일어나는 오류라고 할 수 있다. 보다 정확하고 자연스러운 한국어로는 '여기는 타인의 토지입니다' 또는 '여기는 사유지입니다' 등이 있을 수 있다.

②의 경우는 일본의 화장실에 있었던 문구로 언뜻 보면 '흘리다'는 말은 부정적인 의미로 사용되는 경우가 많음에도 불구하고, 그렇지 않은 점을 질책하는 듯한 느낌이 든다. 여기에서는 휴지를 변기에 버리고 물을 흘려보내는 상황에서 '흘리다'의 의미를 갖는 '流す'가 한국어로 '흘리다'로 직역되어 일어나는 오류라고 할 수 있다. 보다 정확하고 자연

스러운 한국어로는 '왜 변기에 버리지 않아요?' 또는 '화장지는 변기에 버리고 물을 내려주세요' 등이 있을 수 있다. 즉, '흘리다' 보다는 '내리다'가 보다 자연스럽고, 질문형의 문장보다는 지시형 또는 권유형의 문장이 자연스러울 것이다.

③의 경우는 우선 띄어쓰기의 문제도 있지만, 'ここです'를 '여기입니다'로 직역한 부분이라고 할 수 있다. 의미전달에서는 전혀 문제가 되지 않지만, 일반적인 한국어에서는 '여기는 어때요?' 또는 '여기서 이용하세요' 정도가 자연스러운 표현일 것이다.

잘못된 띄어쓰기

일본어에는 띄어쓰기가 없는 관계로 ④, ⑤와 같이 한국어 문장을 띄어쓰기를 하지 않거나 잘못하여 발생하는 부자연스러운 문장이 자주 목격된다.

④ 한국의야경 → 한국의 야경

⑤ 서행하 십시오 → 서행하십시오

장음표기

일본어에는 장음과 단음이 존재하며, 히라가나는 일반적으로 'あいうえお'로 장음을 표기하고, 가타카나는 'ー'로 장음을 표기한다. 이러한 일본어의 특징이 ⑥, ⑦한국어의 표기에도 나타나는 경향이 있다.

⑥ 교-자〔餃子(ぎょうざ)〕 → 교자

⑦ 파-크〔PARK(パーク)〕 → 파크

번역에 의한 오류

번역기를 사용했을 가능성이 크다고 볼 수 있는데, 한국어로는 부적절하고 의미상의 오류가 자주 목격된다.

⑧ インスタグラムでフォロー & 投稿でサービスあります。

→ 인스타그램에 우리를 따르라 & 게시물에서 서비스합니다.

⑨ 不定休 → 변덕스럽게 쉽니다.

⑧의 경우는 크게 세 가지에서 오류가 있었다고 할 수 있다. 'フォロー'를 '우리를 따르라'로, '投稿で'를 '게시물에서'로, 'サービスあります'를 '서비스합니다'로 번역의 오류가 있었다고 할 수 있다. 'フォロー'는 '팔로우'로, '投稿で'는 '방문후기 업로드하면' 또는 '포스팅하면', 'サービスあります」는 '서비스를 드립니다'로 정정할 수 있을 것이다.

⑨의 경우는 한국어에는 대응하는 명사가 없는 관계로 오류가 발생했다고 할 수 있다. 그러나 '변덕스럽다'라는 표현은 손님의 입장에서는 불쾌한 느낌을 줄 수 있기 때문에 주의할 필요가 있을 것이다. 따라서 정기휴일이 없고, 언제 휴일이 될지 모른다는 의미로 표현해야 하는데, '사정상 휴점을 하는 경우가 있습니다. 오시기 전에 영업여부를 전화로 확인해 주시기 바랍니다'라고 정중하게 한국어로 표현할 수 있을

것이다.

이해도 부족에 의한 오류

그 외에도 다양한 한국어에 대한 이해도에 기인하는 오류가 있다.

'카드결재 불가'라는 용어를 종종 볼수 있다. '결제'를 '결재'로 사용하여 오류가 생긴 경우라고 할 수 있다. 단순한 오타의 개념으로 이해할 수도 있지만, 한국인도 오용하는 경우가 있는 만큼 모음 또는 의미의 혼동에 기인한 오류일 가능성도 배제할 수 없다.

'후론트'라고 표기하는 경우도 많다. 외래어 표기의 오류라고 할 수 있는데, '프론트'를 일본어식 'フロント, 후론트'로 일본어 발음에 따라서 표기한 예라고 할 수 있다.

한국어에 대한 이해가 부족했다는 점을 여실히 나타내고 있는 예도 있다. 일본의 식당에서 한국어가 적힌 노렌을 거꾸로 걸어놓은 경우인데, 한국어에 대한 이해가 조금이라도 있었다면 이러한 실수는 일어나지 않았을 것이다.

이상과 같이 한일교류가 활발해짐에 따라 양국에서 각각의 언어가 사용되고 있는 것은 매우 고무적인 일이라고 할 수 있다. 그러나 잘못된 정보전달을 통해 오해를 사거나 양국의 이미지에 악영향을 끼쳐서는 안 될 것이다. 보다 정확하고 자연스러운 언어의 표기가 이뤄져야 할 것이고, 일본어 및 한국어 종사자나 연구자들이 향후 적극적으로 감수를 하는 등의 노력이 절실히 요구된다.

30. 平成(헤이세이)시대의 대표 광고카피는 뭘까?

【송은미】

平成(헤이세이)는 아키히토 천황이 즉위하여 33년 후 퇴위할 때까지 사용한 연호를 나타내며, 平成시대는 1989년 1월 8일부터 2019년 4월 30일까지이다. 33년동안 황태자인 나루히토(令和의 현 천황)가 황태자비와 결혼하여 공주를 낳아 가족을 이루었던 시기이다.

平成시대에는 부동산, (건강)음료, 샴푸, 세제, 맥주 등 소화(昭和)시대에 이어 롱런했던 상품과 등장한 통신기기, 게임기, 아이팟, 워크맨, 에어플라이어(ノンフライヤ-)과 같이 새롭게 등장한 히트 상품이 공존했다. 또한 1995년 인터넷의 시작과 더불어 통신기기를 이용한 인터넷이 가능하게 되었고 신문, 잡지, 텔레비전 등의 광고보다 온라인과 SNS를 이용한 광고마케팅이 활발하게 이루어지고 있다.

Regain

平成 원년에 三共제약의 「エアポート'89夏」에서 방영된 건강음료 Regain의 광고문구 '24時間

戦えますか'가 큰 이슈로 등장하였다. 화면에 「平成元年 · 夏 · 南太平洋 "リゲイン"」이라는 자막이 나오고, 군가를 부르는 듯한 저음의 딱딱하고 굵은 목소리로 비행기 기내, 상공, 비행기 위 그리고 비행기의 계단을 내려오며 도키토 사부로(時任三郎) 가 부른 '勇気のしるし'의 노래가 흘러나온다. 유튜브에서는 1989~91년까지의 CM을 볼 수 있다.

黄色と黒は勇気のしるし　24時間たたかえますか
リゲイン、リゲイン　ぼくらのリゲイン
アタッシュケースに勇気のしるし　はるか世界で戦えますか
ビジネスマン、ビジネスマン　ジャパニーズビジネスマン

三共のビタミンドリンク、リゲインが行く (セリフ：声優)

중독성이 강하고 활기찬 비즈니스맨의 모습을 볼 수 있다. 1989년 버블시대의 전성기에 열심히 자신의 업무에 몰두하면 유급휴가와 연간 수입이 오를 수 있다는 희망을 갖고 일하는 일본 비즈니스맨의 마음을 노래하고 있는 듯하다. 한편으로는 건강음료를 복용해서 24시간 동안 일할 수 있는 건강한 체력으로 단련하자는 의도가 들어가 있는 것 같고, 또 다른 의미로는 열심히 일하면서 건강음료 한 병씩 복용하길 바라는 의미도 숨겨져 있는 것이 아닐까 한다. 열심히 일하면서 마시는 비즈니스맨의 복용은 판매량의 증가와 깊은 관계가 있다고 볼 수 있다.

하지만, 걸프전 이후로 '싸울 수 있나요?–다타카에마스카(戦えま

すか)의 이미지를 벗고 재탄생하게 된다. 친환경 용기와 뚜껑, 상표를 사용하여 분리수거가 가능하도록 바꾸고 2005년에는 자신의 업무에 열중하여 싸우는 것이 아니라 즉 24시간 일만 하는 사람이 되지 말고 24시간 일도 생활도 성실히 하자는 의미를 품고 변화된 시대에 발맞춰 나가는 광고로 방영된다. 즉, 24시간 일할 수 있는 다시 말해 일과 씨름하듯 싸울 수 있는 신체를 단련함으로써 업무와 생활도 즐겁게 하고 싶다는 취지로 만들어져 일하는 사람들에게 도움이 되고 용기도 주고자 만들어졌다고 한다. 현재는 액체에서 정제 타입으로 판매하며, 2019년부터는 통신판매를 통하여 구입이 가능해졌다. 인상이 깊은 캐치프레즈가 어떻게 변화되었는지를 간략히 정리하면 다음과 같다.

24時間戦えますか。(1988.06~1992.07/2006.05~현재)

[쉴 때 쉬고 일할 때 일하자는 의미:일과 휴식을 명확히 구분하자는 취지]

全力で行く。リゲインで行く。(1992.12~)

くやしいけれ、仕事が好き。(1994~)

その疲れに、リゲインを。(1996~)

たまった疲れに。(1999.02~)

ポジティブリゲイン。(2001)

疲れに効く理由(わけ)がある (2004.04~2006.04)

飲むところ敵なし。

攻めの一本

24時間戦うのはしんどい。(2014)

두 번째 광고로는 1994년 미야자와 리에(宮沢りえ)가 출연한 'すりおろし りんご' 추하이의 광고이다. 캔으로 용기를 바꾸고, 당시 유명했던 미야자와 리에를 기용하여 출연자가 처한 사항에 적합한 대사를 연출하게 했다는 후문이 있었다. 이를 소개하겠다.

すったもんだがありました。りんご すったもんだ。

● ● ●
캔 추하이(CAN CHU-HI)

야후재팬 지혜부크로(知恵袋)의 베스트 대답을 인용하면, 『すったもんだ」は漢字で、「擦った揉んだ」と書き、揉めるより更に揉めた時に擦ったをつけて、すったもんだと言うそうです。ですから、ごたごたがあったということです。多数の意見が出て揉めたりとか…)'와 같다. 미야자와 리에는 리즈시절인 1992년 11월 27일 요코즈나였던 다카노하나와 약혼했지만, '산타페-사진집'의 출간으로 2개월만인 1993년 1월 27일에 파혼당했다. 이러한 일을 겪은 후, 거식증과 자살소동 등의 힘든 시기를 보냈다. 1년 뒤 찍은 광고였기에 더욱 화제가 되었던 것 같다. '어수선하고 복잡한 여러 일로 옥신각신하는 소동이 있었다'는 상황을 묘사한 대사와 딱 들어맞는다는 인상을 청취자들은 갖고 있었던 것 같다. 이 CM의 캐치프레

• • •

소프트뱅크

즈로 미야자와 리에는 1994년에는 유행어 대상을 수상하였고, 그 후에 복숭아 추하이도 동일한 캐치프레즈를 사용하여 출연하였다.

다음 광고는 소프트뱅크의 CM을 소개하겠다. 이 CM은 등장인물부터 독특하여 화제가 되었다. 2007년~2014년까지 8년간 연속 수상할 정도로 상위를 차지하였다. 그리고 512편으로 나누어 방영되었으며 가공의 가족이 출연하는 예상외의 가족을 컨셉으로 한 '개'가 아버지의 역할을 한다. 「お父さんは犬」로 이 아버지는 가이쿤이란 이름을 갖고 있다. 가이쿤은 '白戸家のお父さん'을 의미하며, 여기에서 '白戸'는 동반 출연한 우에토 아야(上戸彩)의 '戸'와 '화이트플랜'에서 한 글자씩 딴 것이다. 아버지의 대사는 음성으로 더빙되어 진행되었으며, 가이쿤의 귀염성 있는 몸짓이 인기의 비결이었다. 현재는 2대째 가이쿤이 아버지의 역할을 하고 있다. 2007년 CM의 대사를 살펴보면 다음과 같다. 아버지를 가이쿤으로 생각하고 읽어봐 주기 바란다.

소프트뱅크 점두에서

아야 : ありがとうございました。お兄さん。

오빠 : 聞きたいことがある。

아야 : 何をわざわざ。

오빠：一つ聞いてもよろしいですか。

아야：たから､何を。

오빠：ホワイト家族24って何？

아야：それは家族への国内通話が24時間無料になるっていることよ。すごいでしょう。

오빠：すごい。でも､何で。分からない。

아야：私だって分からないわよ。

何でお父さん が犬なのかも。

아빠：すべてのものには理由はある。

아야：理由？ 理由って何よ､お父さん。

아빠：お前はまだはやい！

성우：家族への国内通話24時間無料。

ソフトバンク。

캐치프레즈를 소개하면, ‘はじめまして白戸家です｡(2007), お父さん、洞爺湖サミットへ｡(2008), お父さん、入院する。洞(2009), お父さん､しゃべって、歩く｡(2010), お父さん､宇宙へ行く?(2011), サミットふたたび｡(2012), お父さん、モーツァルトになる｡(2013), オンライン里帰り､｢5G白戸家｣(2020) 등이 있다.

마지막 소개할 광고는 신인 여배우의 등용문에 비유될 정도로 유명 여배우를 배출한 CM으로 ‘三井のリハウス’이다. 1987년 미야자와 리에의 출연을 시작으로 ‘리하우스 걸’이 1987년~2015년까지 14대를

거쳐 배출되었다. 그중에서도 平成시대인 1989년~2015년 동안에는 12명의 '리하우스 걸'이 출연 및 인지도를 키웠다. 이 CM의 컨셉은 사춘기 딸이 있는 부모가 중학생에서 고등학생이 되는 딸을 위하여 거처를 옮기려고 한다는 것이다. 1990, 1991, 1997, 2004년에는 광고의 설정이 약간씩 수정되기도 하였지만, 기본 컨셉은 유지되었다. 1989년도부터 2015년까지 캐치프레이즈를 정리하면 다음과 같다.

こんな幸せをリハウス効果といいです。(1989)

あたらしいリハウスがある。(1990)

つづきは、リハウス (1991~1992)

あなたが住みたい家を知っています。(1993~1995)

思いでもいっしょにもっていこう。(1995~1997)

我が家の一大事をあなたに話していいのでですか。(1997~2000)

インターネットで、住みかえ。e-リハウスはじまっています。(2000~2002)

生まれ変わるがわりに人は、住みかえるのかもしれない。(2002~2004)

リハウス(してから家族が近づいた気がします。(2004~2007)

自分の家を売ったり買ったりすることに慣れている人、なんていない。(2007~2009)

価知住宅をプロデュース。(2009~2011)

あなたのこたえを、あなたと見つける。(2011~2015)

정년퇴임을 앞둔 부부의 リハウス를 그린 광고(현재)

지금까지 소개한 광고문구 외에도 '오후의 홍차(午後の紅茶:1994)−紅茶でなくちゃ、ダメなんだ, 아사히 맥주(1994)−飲むほどにドライ, 단밤(甘栗むいちゃいました)− 一栗そのものの自然の甘みで勝負しよう, 보스 커피(クラフトボ ブラックと ラテ:2017)−ごくごくのみもチビチビのみもイケルこと, 편의점 광고문구−セブンイレブンいい気分' 등은 제품 어필과 출연자 선정에도 회사의 집착이 매우 강했다는 점을 알 수 있다. 지금까지 平成시대 하면 바로 떠오르는 인상 깊은 것만을 골라 간략하게 소개하였다.

아버지의 역할을 '개'가 하는 소프트뱅크의 광고는「센과 치히로의 행방불명」에서 아버지가 '돼지'로 등장하는 것과 마찬가지로 한국에서는 상상할 수 없고 황당하기 짝이 없다. 그렇지만 이점이 시청자의 시선을 끌어모으는 역할을 하지 않았나 싶다. 令和시대에 동일상품의 광고를 어떤 면에서 색다르게 캐치프레이즈를 이용할 것이며, 과연 어떤 독특한 광고문구와 출연진을 섭외해 상품을 표현할 것인지 궁금하고 기대된다.

편집 기획 및 구성

서정화 손범기 정현혁

일본인의 언어유희

1쇄 발행일 | 2021년 3월 31일

저 자 | 한국일어일문학회
펴낸이 | 이경희

기 획 | 김진영
디자인 | 김민경
편 집 | 민서영 · 조성준
영업관리 | 권순민
인 쇄 | 예림인쇄

발 행 | 글로세움
출판등록 | 제318-2003-00064호(2003. 7. 2)

주 소 | 서울시 구로구 경인로 445(고척동)
전 화 | 02-323-3694
팩 스 | 070-8620-0740

값 14,000원

ISBN 979-11-86578-89-6 94830
978-89-91010-00-0 94830(세트)